Alexander Solshenizyn, Nobelpreisträger für Literatur des Jahres 1970, wurde über Nacht berühmt. Als in der kurzen Tauwetterperiode 1962 mit ausdrücklicher Genehmigung Chrustschows die Erzählung „Ein Tag des Iwan Denissowitsch“ in Alexander Twardowskis renommierter Moskauer Literaturzeitschrift „Nowy mir“ erschien, war das eine politische und literarische Sensation: das erste öffentliche Zeugnis über ein Stalinsches Straflager, ein literarisches Dokument, das durch seine Authentizität bestach, durch seine grausame Wahrhaftigkeit erschütterte, durch seine literarische Qualität überzeugte und neue ethische Maßstäbe setzte. Das schmale Büchlein, das in minutiöser Beschreibung einen gewöhnlichen Tag eines gewöhnlichen Strafgefangenen schildert, eines von Hunderttausenden, ja Millionen, ging – wie hundert Jahre zuvor Dostojewskis „Aufzeichnungen aus einem Totenhaus“ – um die ganze Welt und weckte Gewissen und Verantwortungsgefühl der Menschheit. Gorbatschows Perestroika und die friedliche Revolution in unserem Land haben ihm auch den Weg zu uns gebahnt.

W0378885

Alexander Solshenizyn

Ein Tag des Iwan Denissowitsch

Deutsch von
Christoph Meng

Aufbau-Verlag

Titel der russischen Originalausgabe
Один день Ивана Денисовича
Erschienen in der Zeitschrift „Nowy mir",
Moskau 1962

ISBN 3-351-01770-7

1. Auflage 1990
Aufbau-Verlag Berlin und Weimar
Ausgabe für die Deutsche Demokratische Republik mit Genehmigung
der Luchterhand Literaturverlag GmbH, Frankfurt/Main
© Luchterhand Literaturverlag GmbH, Frankfurt/Main 1970/1989
(deutsche Übersetzung)
Einbandgestaltung Gerhard Medoch
Lichtsatz Karl-Marx-Werk, Graphischer Großbetrieb, Pößneck V 15/30
Druck und Binden
III/9/1 Grafischer Großbetrieb Völkerfreundschaft Dresden
Printed in the German Democratic Republic
Lizenznummer 301.120
Bestellnummer 614 311 1

Um fünf Uhr morgens wurde das Wecksignal gegeben – Hammerschläge auf ein Stück Eisenbahnschiene, das neben der Stabsbaracke hing. Die abgehackten Töne drangen nur gedämpft durch die fingerdick vereisten Fensterscheiben und verstummten bald: Es war kalt, der Aufseher hatte keine Lust, lange zu hämmern.

Die Töne waren verstummt. Draußen war es noch immer so stockfinster wie mitten in der Nacht, als Schuchow zur Barackenlatrine gegangen war, nur drei Lampen schienen gelb durchs Fenster: zwei brannten in der Außenzone, eine im Lager.

Schuchow verschlief das Wecken nie, er stand immer sofort auf, denn bis zum Ausmarsch hatte man anderthalb Stunden Zeit, die einem ganz allein gehörten, und wer das Lagerleben kannte, der konnte sich stets etwas nebenher verdienen: aus altem Futterstoff dem oder jenem Kappen auf die Fausthandschuhe nähen; einem reichen Aktivisten die trockenen Filzstiefel auf die Pritsche stellen, damit er nicht barfuß herumtappen und seine Stiefel aus dem Haufen heraussuchen mußte; rasch zu den Ausgabestellen laufen und sehen, wo man sich beliebt machen konnte, indem man den Fußboden fegte oder Sachen herbeitrug; in der Kantine die Blechnäpfe von den Tischen räumen und die Stapel in die Spülküche bringen – dabei fiel manchmal etwas zu essen ab, nur gab's dort zu viele Anwärter; und außerdem: wenn man in einem Napf noch ein Restchen entdeckte, dann leckte man ihn sofort aus, man konnte sich einfach nicht beherrschen. Schuchow hatte sich die Worte seines ersten Brigadiers Kusjomin gut gemerkt – der war ein alter Lagerfuchs, hatte 1943 schon zwölf Jahre gesessen. Am Lagerfeuer auf einer Schneise hatte er einmal zu den Neuen gesagt, die gerade von der Front gekommen waren: „Hier herrscht das Gesetz der Taiga, Jungs. Aber auch hier kann man leben. Nur der geht im Lager vor die Hunde, der Schüsseln ausleckt, auf die Krankenbaracke spekuliert oder andere beim Gevatter* verpfeift."

Das mit dem Gevatter stimmte natürlich nicht. Spitzel gehen immer auf Nummer Sicher. Wenn auch auf Kosten anderer.

Sonst stand Schuchow nach dem Wecksignal immer sofort auf, heute nicht. Schon seit gestern abend war ihm nicht wohl in seiner Haut, mal fröstelte ihn, mal taten ihm alle Glieder weh. Und nachts konnte er nicht warm werden. Im Halbschlaf war ihm zumute, als sei er richtig krank geworden, dann fühlte er sich wieder etwas besser. Er wünschte sich nur, daß der Morgen nicht anbrach.

Aber der Morgen kam, nahm seinen Lauf.

Wo sollte man sich hier auch wärmen – das Fenster vereist und an den Wänden entlang der Deckenfuge durch die ganze Baracke – eine Riesenbaracke war's! – weiße Spinnweben. Rauhreif.

Schuchow stand also nicht auf. Er lag auf der

* Gevatter – Lagerausdruck für den operativen Bevollmächtigten, Operativ. Beauftragter der Zentrale aller oder mehrerer Lager, der das Lager inspiziert, Verhöre führt und Beschwerden entgegennimmt.

oberen Pritsche, hatte sich die Decke und die Wattejacke über die Ohren gezogen und beide Füße in die Weste, in einen umgekrempelten Ärmel, gesteckt. Er hielt die Augen geschlossen, aber die Geräusche ließen ihn wahrnehmen, was in der Baracke und in der Ecke, wo seine Brigade lag, geschah. Schwer den Gang hinunterstapfend, schleppten die Männer vom Barackendienst eine Latrine hinaus – acht Kübel. Das soll leichte Arbeit sein, für Invaliden, aber trag so ein Ding mal raus, ohne daß es überschwappt! In der fünfundsiebzigsten Brigade poltert gerade ein Bündel Filzstiefel aus dem Trockenraum auf den Fußboden. Jetzt auch bei uns (wir waren heute mit Stiefeltrocknen an der Reihe). Der Brigadier und der Hilfsbrigadier ziehen schweigend die Filzstiefel an, ihre Pritschen knarren. Der Hilfsbrigadier geht gleich zur Brotausgabe, der Brigadier in die Stabsbaracke, zu den Arbeitsleitern.

Aber es ist kein Routinegang wie jeden Tag – erinnert sich Schuchow: Heute fällt die Entscheidung – ob die hundertvierte Brigade von den Werkstätten zur neuen Baustelle der „Sozsiedlung“ abgeschoben wird. Diese Sozsiedlung ist bisher noch ein Stück kahles Feld, mit Schneewächten, und vor Beginn der Bauarbeiten heißt es Löcher buddeln, Pfähle einrammen und eigenhändig Stacheldraht ziehen – damit keiner türmen kann. Dann erst wird gebaut.

Bestimmt gibt es dort einen ganzen Monat nichts, wo man sich aufwärmen kann, nicht mal eine Bretterbude. Und ein Feuer kann man dort auch nicht machen – kein Holz da. Schuften – die einzige Rettung.

Der Brigadier macht sich Sorgen, er versucht die Sache abzubiegen. Sollen sie doch irgendeine andere, dümmere Brigade dorthin verfrachten.

Mit leeren Händen kann man natürlich nichts erreichen. Ein halbes Kilo Speck muß der oberste Arbeitsleiter schon bekommen. Vielleicht sogar ein ganzes Kilo.

Ein Versuch kann nichts schaden, ob Schuchow nicht doch probieren sollte, im Krankenbau unterzuschlüpfen, sich einen Tag zu drükken? Alle Knochen taten ihm weh.

Aber – welcher Aufseher hat heute Dienst?

Der „Anderthalb-Iwan" – fällt ihm ein, der dürre, baumlange Sergeant mit den schwarzen Augen. Wenn man ihn zum erstenmal sieht, trifft einen fast der Schlag, aber wenn man ihn näher kennt, ist er von allen Aufsehern der gutmütigste: Er bringt einen nicht in den Bunker, schleppt einen nicht zum diensthabenden Natschalnik*. Man kann also ruhig liegenbleiben, bis Baracke neun in die Kantine geht.

Die Doppelpritsche begann zu wackeln und zu schaukeln. Zwei standen gleichzeitig auf: oben Schuchows Nachbar, der Baptist Aljoschka, unten Buinowski, ehemaliger Fregattenkapitän.

Die Alten, die den Barackendienst machten und die Latrinenkübel hinaustrugen, stritten sich, wer von ihnen heißes Wasser zu holen hatte. Sie keiften wie alte Weiber. Der Elektroschweißer aus der zwanzigsten Brigade brüllte sie an:

„He, ihr Verrecker!" und schmiß einen Filzstiefel nach ihnen. „Ich mach euch kalt!"

Der Filzstiefel polterte dumpf gegen einen Pfosten. Sie verstummten. In der Nachbarbrigade knurrte der Hilfsbrigadier leise:

„Wassili Fjodorytsch! In der Proviantausgabe haben sie uns übers Ohr gehauen, diese

* Natschalnik – Leiter, Vorgesetzter (nicht nur der Lagerkommandant).

Schweine: Wir hatten immer vier Zweipfundbrote, und jetzt sind's nur drei. Wem zieh ich da was ab?"

Er hatte leise gesprochen, aber die ganze Brigade hatte es natürlich gehört und hielt den Atem an: Einer von ihnen würde abends zuwenig bekommen.

Schuchow lag immer noch auf seiner Matratze mit dem zusammengedrückten Sägemehl. Wenn doch irgendwas passierte – entweder sollte ihn der Schüttelfrost packen oder das Gliederreißen vergehen. Aber so war's nichts Halbes und nichts Ganzes.

Während der Baptist seine Gebete flüsterte, kam Buinowski von draußen zurück und sagte fast schadenfroh vor sich hin:

„Auf, rote Matrosen! Bestimmt dreißig Grad!"

Und Schuchow entschied sich für den Krankenbau.

In diesem Augenblick riß ihm eine offiziell dazu befugte Hand Weste und Decke vom Körper. Schuchow zog die Wattejacke vom Gesicht und richtete sich auf. Vor ihm, den Kopf in Höhe der Pritschenkante, stand der dürre Tatarin.

Er machte also außer der Reihe Dienst und hatte sich leise hereingeschlichen.

„S – achthundertvierundfünfzig!" las Tatarin vom weißen Lappen auf dem Rücken der schwarzen Wattejacke ab. „Drei Tage Bunker mit Arbeit!"

Kaum hatte er mit seiner merkwürdig gepreßten Stimme zu sprechen begonnen, da wurde es in der halbdunklen, nur von wenigen Glühbirnen beleuchteten Baracke, wo auf fünfzig verwanzten zweistöckigen Doppelpritschen zweihundert Mann schliefen, lebendig, und alle, die noch nicht aufgestanden waren, zogen sich hastig an.

„Wofür, Bürger Natschalnik?" fragte Schuchow und ließ seine Stimme kläglicher klingen, als er sich fühlte.

Bunker mit Arbeit ist halb so schlimm, man bekommt warmes Essen und hat keine Zeit zum Grübeln. Bunker ohne Arbeit – das ist Strafe.

„Nach dem Wecken liegengeblieben. Los, in die Kommandantur", sagte Tatarin träge, weil er wie Schuchow und alle andern wußte, wofür es die Strafe gab.

Das bartlose, faltige Gesicht Tatarins war vollkommen ausdruckslos. Er sah sich suchend nach einem zweiten Opfer um, aber alle Männer – die einen im Halbdunkel, die andern im Schein der Glühbirne, die auf den unteren und die auf den oberen Pritschen – zogen die schwarzen, wattierten Hosen mit der Nummer auf dem linken Knie über; wer fertig war, verzog sich eilig nach draußen, um Tatarin im Freien zu erwarten.

Wenn Schuchow den Arrest wenigstens verdient hätte, würde es ihn jetzt nicht so ärgern. Es wurmte ihn besonders, weil er sonst immer als einer der ersten aufstand. Aber Tatarin zu bitten, ihn laufenzulassen, hatte keinen Zweck. Das wußte er. Während er also nur aus Gewohnheit darum bat, zog Schuchow, der die wattierten Hosen nachts anbehielt (über dem linken Knie war auch ein verschlissener, schmutziger Flicken aufgenäht und mit schwarzer, jetzt verblaßter Farbe die Nummer S-854 gemalt), seine Weste an (sie hatte zwei Nummern – eine auf der Brust und eine auf dem Rücken), suchte seine Filzstiefel aus dem Haufen auf dem Fußboden, setzte die Mütze auf (auch sie trug vorn einen Flicken mit der Nummer) und ging hinter Tatarin her nach draußen.

Die ganze hundertvierte Brigade sah, wie Schuchow abgeführt wurde, aber niemand sagte etwas: Es wäre doch umsonst, und was sollte man auch sagen? Der Brigadier hätte für ihn eintreten können, aber er war schon fort. Auch Schuchow sagte kein Wort, er wollte Tatarin nicht reizen. Die anderen würden schon so schlau sein und das Frühstück für ihn aufheben.

So gingen die beiden hinaus.

Es war kalt und diesig, die Luft benahm einem den Atem. Die Strahlen der beiden großen Scheinwerfer auf den fernen Ecktürmen kreuzten sich über der Lagerzone. Überall, außerhalb des Stacheldrahtes und im Lager, brannten die Lampen. Sie standen so dicht, daß sie die Sterne überstrahlten.

Der Schnee knirschte unter den Filzstiefeln der Häftlinge, die eilig ihren Geschäften nachgingen – zur Latrine, in die Magazine, zur Paketausgabe, in die Küche, um dort Graupen abzugeben, aus denen man sich seine eigene Grütze kochen ließ. Alle zogen den Kopf ein, die Wattejacken waren fest zugeknöpft, alle froren schon bei dem Gedanken, den ganzen Tag in dieser Kälte verbringen zu müssen. Nur Tatarin in seinem alten Uniformmantel mit den speckigen hellblauen Kragenspiegeln schritt gleichmäßig aus, als wäre er gegen den Frost gefeit.

Sie gingen vorüber an dem hohen Bretterzaun, der den Strafblock umgab – das aus Stein gebaute Lagergefängnis; vorüber an dem Stacheldraht, der die Lagerbäckerei gegen die Häftlinge schützte; vorüber an der Ecke der Stabsbaracke, wo die bereifte Eisenschiene mit einem dicken Drahtseil an einem Pfosten hing; vorüber an einem anderen Pfosten in einer windstillen Ecke, wo das Thermometer hing, damit es nicht zu niedrige Temperaturen anzeigte. Es war dick bereift. Schuchow warf einen hoffnungsvollen Blick auf das milchweiße Röhrchen: Wenn es einundvierzig zeigte, durften sie nicht zur Arbeit hinausgejagt werden. Aber heute wollte es nicht einmal auf vierzig sinken.

Sie betraten die Stabsbaracke und gingen sofort in den Aufseherraum. Dort bestätigte sich, was Schuchow schon unterwegs geahnt hatte: Er bekam überhaupt keinen Bunker, sondern der Fußboden im Aufseherraum war nicht gewischt. Jetzt erklärte Tatarin, daß er Schuchow verzeihe, und befahl ihm, den Boden zu wischen.

Diese Arbeit war eigentlich die Aufgabe eines bestimmten Häftlings, des Stubendienstes in der Stabsbaracke, der nicht draußen zu arbeiten brauchte. Da er schon so lange in der Stabsbaracke diente, hatte er Zutritt zu den Arbeitszimmern des Majors, des diensthabenden Natschalniks und des Gevatters; er erwies ihnen manche Gefälligkeit und bekam zuweilen Dinge zu hören, die nicht einmal die Aufseher erfuhren, und seit einiger Zeit fand er, daß es unter seiner Würde sei, bei den einfachen Aufsehern den Fußboden zu wischen. Sie forderten ihn einmal auf, ein zweites Mal, begriffen dann, was los war, und schnappten sich von da an einen einfachen Arbeitshäftling für ihren Fußboden.

Der Ofen im Aufseherraum war glühend heiß. Nur in schmutzigen Uniformblusen spielten zwei Aufseher Dame, ein dritter lag in Pelzmantel und Filzstiefeln auf einer schmalen Bank und schlief. In einer Ecke stand ein Eimer mit einem Putzlumpen.

Schuchow sagte zu Tatarin, erfreut über dessen Großzügigkeit:

„Danke, Bürger Natschalnik! Ich werde nie mehr zu lange liegenbleiben.“

Hier herrschte ein einfaches Gesetz: Bist du fertig – dann kannst du gehen. Jetzt, da man Schuchow Arbeit zugewiesen hatte, schienen seine Gliederschmerzen aufzuhören. Er nahm den Eimer und ging ohne Fausthandschuhe (in der Eile hatte er sie unter seinem Kopfkissen vergessen) zum Brunnen.

Die Brigadiere, die in der Plan- und Produktionsabteilung gewesen waren, drängelten sich um den Thermometerpfosten, ein jüngerer Brigadier, ehemaliger Held der Sowjetunion, kletterte hinauf und rieb das Röhrchen ab.

Die Untenstehenden rieten ihm:

„Danebenhauchen, sonst steigt's!"

„Steigen! Einen Scheißdreck steigt's . . . ist doch sowieso egal."

Tjurin, Schuchows Brigadier, war nicht dabei.

Schuchow, der den Eimer hingestellt und die bloßen Hände in die Ärmel gesteckt hatte, sah interessiert zu.

Der Mann oben am Pfosten sagte heiser:

„Siebenundzwanzigeinhalb, schöne Scheiße."

Nachdem er noch einen prüfenden Blick aufs Thermometer geworfen hatte, sprang er hinunter.

„Das funktioniert doch gar nicht – fauler Zauber", sagte einer, „die würden hier nie eines aufhängen, das funktioniert."

Die Brigadiere gingen weg. Schuchow eilte zum Brunnen.

Unter den herabhängenden, aber nicht zusammengebundenen Ohrenklappen zwickte ihn der Frost in die Ohren.

Das Wasserloch im Brunnen hatte eine dicke Eiskruste angesetzt, so daß der Eimer kaum hineinpaßte. Und das Seil war stocksteif gefroren.

Mit tauben Händen trug Schuchow den dampfenden Eimer in den Aufseherraum. Dort tauchte er die Hände ins Brunnenwasser, allmählich wurden sie wieder warm.

Tatarin war nicht da, aber die Aufseher saßen jetzt zu viert in dem kleinen Raum, sie hatten Damespiel und Schläfchen beendet und stritten sich darum, wieviel Hirse sie im Januar bekommen würden. (In der „freien“ Siedlung waren die Lebensmittel knapp, aber die Aufseher bekamen immer etwas, auch ohne Marken, und billiger als die anderen.)

„Tür zu, Scheißkerl! Es zieht!“ brüllte einer von ihnen und unterbrach damit das Gespräch.

Es war schlecht, sich schon morgens die Filzstiefel naß zu machen, denn er hatte keine zum Wechseln. In den acht Jahren Haft hatte Schuchow, was das Schuhwerk anging, alles mögliche erlebt: Einmal bekamen sie den ganzen Winter keine Filzstiefel, ein andermal hatten sie überhaupt keine festen Schuhe, nur Bastschuhe und eine Art Gummischuhe, aus Autoreifen gemacht. Jetzt schien es mit der Versorgung besser zu klappen: Im Oktober hatte Schuchow Stiefel erhalten (aber nur, weil er im Magazin nicht von der Seite des Hilfsbrigadiers gewichen war), stabile Stiefel, mit festen Kappen und Platz genug für zwei warme Fußlappen. Eine Woche ging er stolz in den Schuhen herum, als seien sie ein Geburtstagsgeschenk, klapperte laut mit den neuen Absätzen. Und im Dezember gab es gerade zur rechten Zeit Filzstiefel – so ließ es sich schon aushalten. Aber irgendein Schwein in der Buchhaltung flüsterte dem Lagerkommandanten ein: „Die Filzstiefel sollen sie haben, aber die Lederstiefel abliefern. Es ist nicht in Ordnung, daß ein Sträfling zwei Paar auf einmal hat.“ Also mußte Schuchow sich entscheiden: entweder den ganzen

Winter in Lederstiefeln herumlaufen oder Filzstiefel tragen – auch bei Tauwetter – und die Lederschuhe abgeben. Er hatte sie geschont, mit Solidol eingerieben, um das Leder weich zu machen, ach, die schönen neuen Stiefel! – In den ganzen acht Jahren hatte es ihm um nichts so leid getan wie um diese Stiefel. Sie waren mit allen anderen auf einen Haufen geworfen worden, er würde sie im Frühjahr nicht mehr herausfinden.

Jetzt wußte sich Schuchow folgendermaßen zu helfen: Er schlüpfte flink aus den Filzstiefeln, stellte sie in eine Ecke, warf die Fußlappen obendrauf (der Löffel, der immer im Stiefel steckte, fiel klirrend auf den Boden; so hastig er sich zum Bunker fertiggemacht hatte, den Löffel hatte er nicht vergessen), stellte sich barfuß hin, verteilte mit dem Putzlappen reichlich Wasser und fuhr den Aufsehern flugs unter die Filzstiefel.

„Langsam, du Mistvieh!" Einer hatte es gemerkt und zog die Füße hoch.

„Reis? Reis fällt unter eine andere Norm, Reis kannst du nicht damit vergleichen!"

„Wieviel Wasser brauchst du eigentlich zum Wischen, du Idiot?"

„Bürger Natschalnik! Anders kriegt man den Boden nicht sauber. Der Dreck sitzt zu fest ..."

„Hast du schon mal zugeschaut, wie deine Alte den Boden wischt, du Ferkel?"

Schuchow richtete sich auf, in einer Hand den triefenden Lappen. Er grinste gutmütig. Man sah, daß ihm ein paar Zähne fehlten – sie waren ihm 1943 in Ust-Ischma durch Skorbut ausgefallen. Damals wäre er fast krepiert. Die Ruhr hatte ihn fertiggemacht, der gequälte Magen konnte nichts mehr aufnehmen. Jetzt erinnerte nur noch sein leichtes Nuscheln an jene Zeit.

„Von meiner Alten, Bürger Natschalnik, bin

ich einundvierzig weggeholt worden. Ich weiß überhaupt nicht mehr, wie sie aussieht."

„Da sieht man's, wie sie aufwischen ... Diese Schweine, können nichts und wollen nichts tun. Sie sind das Brot nicht wert, das sie bekommen. Scheiße sollte man ihnen zu fressen geben."

„Jeden Tag hier putzen, verdammter Blödsinn! Der Boden wird ja gar nicht trocken. He du, Achthundertvierundfünfzig! Wisch nur ein bißchen drüber, sonst wird's zu naß, und dann hau ab!"

„Reis! Du kannst Hirse doch nicht mit Reis vergleichen!"

Schuchow machte seine Arbeit schnell fertig.

Die Arbeit ist wie ein Stock, sie hat zwei Enden: Machst du sie für vernünftige Menschen, dann muß sie etwas taugen, machst du sie für einen Dummkopf, dann tu nur so als ob.

Anders wären sie alle längst krepiert, klare Sache.

Schuchow wischte den Fußboden so, daß keine trockenen Stellen mehr blieben, warf den nassen Lappen hinter den Ofen, zog auf der Türschwelle seine Filzstiefel an, schüttete das Wasser auf den Weg, den die Vorgesetzten benutzten – und rannte quer übers Gelände, vorbei an der Sauna, vorbei an der dunklen, ungeheizten Klubbaracke zur Kantine.

Er mußte ja noch in den Krankenbau, wieder tat ihm alles weh. Und vor der Kantine durfte er keinem Aufseher in die Hände laufen: Der Lagerkommandant hatte strikten Befehl gegeben, zu spät kommende Einzelpersonen aufzugreifen und in den Bunker zu stecken.

Heute morgen war kein Gedränge vor der Kantine – ein seltenes Ereignis –, niemand mußte Schlange stehen. Hinein!

Drinnen ein Dampf wie in der Sauna – von der Eingangstür strömte die scharfe Frostluft in Schwaden herein, auf den Tischen dampfte die heiße Suppe. Die Brigaden saßen an den Tischen oder zwängten sich durch die Gänge, warteten auf freie Plätze. Laut rufend trugen zwei, drei Mann von jeder Brigade ihre Schüsseln mit Gemüsesuppe und Grütze auf Holzbrettern durchs Gedränge und versuchten, sie auf den Tischen abzustellen. Hört einfach nichts, dieser Tölpel, dieser Holzklotz, da, jetzt stößt er auch noch ans Tablett! Schwapp, schwapp! Mit der freien Hand kriegt er eine ins Genick, noch eine! Ganz richtig! Steh andern nicht im Weg, glotz nicht herum, wo's etwas auszulecken gibt.

Dort am Tisch, den Löffel noch neben der Suppenschüssel, bekreuzigt sich ein junger Bursche. Also ein Westukrainer, Neuling obendrein. Die Russen haben längst vergessen, mit welcher Hand man das Kreuz schlägt.

Man spürt die Kälte, wenn man stillsitzt, die meisten behalten ihre Mütze auf, essen aber ohne Eile, angeln sich die fast zerkochten Fischbrokken unter den fauligen Kohlblättern hervor und spucken die Gräten auf den Tisch. Wenn sich ein Häufchen angesammelt hat, fegt einer sie auf den Fußboden, ehe die nächste Brigade kommt, dann werden sie zertreten.

Die Gräten direkt auf den Boden zu spucken gilt als unfein. Quer durch die Baracke zogen sich zwei Reihen Pfosten oder Stützbalken, an einem Balken saß Fetjukow, einer aus Schuchows Brigade, er hatte ihm das Frühstück aufgehoben. In der Brigade war er schlecht angesehen, viel schlechter als Schuchow. Mit ihren schwarzen Wattejacken und den Nummern sahen alle gleich aus, dabei gab es erhebliche Unterschiede –

Rangstufen. Buinowski würde niemandem die Suppenschüssel hüten, aber Schuchow übernahm auch nicht jede Arbeit, es gab noch niedriger Stehende.

Fetjukow hatte Schuchow bemerkt und seufzte, als er ihm den Platz überließ.

„Ist ganz kalt geworden. Ich wollte schon die Suppe für dich essen, dachte – du bist im Bunker."

Und er wartete nicht länger, weil er wußte, daß Schuchow ihm nichts übrigließ, beide Schüsseln würde er sauber leerputzen.

Schuchow zog seinen Löffel aus dem Stiefelschaft. Er hing sehr an diesem Löffel, der ihn durch den ganzen Norden begleitet hatte. Schuchow hatte ihn aus Aluminiumdraht im Sand gegossen und eingekratzt: „Ust-Ischma 1944".

Dann nahm Schuchow die Mütze vom kahlgeschorenen Kopf – es mochte noch so kalt sein, er brachte es nicht über sich, beim Essen die Mütze aufzubehalten –, und während er die abgestandene Suppe umrührte, prüfte er schnell, was er abbekommen hatte. Es ging, mittelmäßig. Der Schlag war nicht oben aus dem Kübel, aber auch nicht vom Grund. Fetjukow wäre zuzutrauen, daß er sich beim Aufpassen auf die Schüssel eine Kartoffel herausgefischt hatte.

Das einzig Gute an dieser dünnen Suppe war, daß sie meistens heiß war, aber was Schuchow jetzt bekam, war ganz kalt. Trotzdem aß er ebenso langsam, ebenso aufmerksam wie sonst. Und wenn die Baracke abbrennt – kein Grund zur Eile. Vom Schlaf abgesehen, der Lagerinsasse hat morgens beim Frühstück ganze zehn Minuten für sich selbst, beim Mittagessen und Abendbrot nur fünf.

Die Gemüsesuppe blieb Tag für Tag die gleiche, je nachdem, welches Gemüse für den Winter eingelegt worden war. Im vorletzten Jahr hatten sie nur Mohrrüben eingesalzen – also gab es von September bis Juni Mohrrübensuppe. Und in diesem Winter – Kohl. Für den Häftling ist die fetteste Zeit der Juni: Dann gibt es kein Gemüse mehr, nur Graupen. Die magerste Zeit ist der Juli, dann werden Brennesseln in den Kessel geschnitten.

Vom Fisch hatte er vor allem Gräten erwischt, das Fleisch war zerkocht und zerfallen, nur am Kopf und Schwanz hing noch etwas. Schuchow, der an dem spröden Fischskelett kein Schüppchen, keine Faser gelassen hatte, zerkaute die Gräten, sog sie aus – und spuckte sie auf den Tisch. Er aß jeden Fisch restlos auf, mit Kiemen, Schwanz und Augen, wenn sie noch im Kopf steckten, waren sie aber herausgekocht und schwammen in der Suppe herum – große Fischaugen –, aß er sie nicht. Die anderen machten sich darüber lustig.

Heute konnte Schuchow sparen: Da er nicht in die Baracke gegangen war, hatte er seine Brotration nicht bekommen und aß jetzt seine Suppe ohne Brot. Das Brot würde er später verdrücken – dann sättigt es noch mehr.

Als zweites gab es Fenchelhirse. Sie war zu einem festen Kloß zusammengepappt, Schuchow bröckelte einzelne Stückchen davon ab. Ob kalt oder warm, das Zeug schmeckte nach nichts, und es machte nicht satt, reines Gras, nur gelb wie Hirse. Man hatte den großartigen Einfall gehabt, diese Hirse statt Graupen auszugeben. Sie kam angeblich von den Chinesen. Jeder bekam einen Schlag von dreihundert Gramm – und damit basta: Ob Grütze oder nicht, das Zeug lief unter Grütze.

Nachdem Schuchow den Löffel abgeleckt und ihn wieder in den Filzstiefel gesteckt hatte, setzte er die Mütze auf und ging in die Krankenbaracke.

Der Himmel, dessen Sterne die Lagerbeleuchtung verdrängte, war immer noch dunkel. Und immer noch zerschnitten die breiten Strahlen der Scheinwerfer die Lagerzone. Als dieses Lager, ein Sonderlager, angelegt wurde, besaß die Wachmannschaft noch Unmengen von Leuchtraketen aus dem Krieg, kaum setzte die Dämmerung ein – ließen sie einen Regen von Raketen über dem Lager niedergehen, weiße, grüne, rote, wie im Krieg. Später hörten sie auf, Raketen zu verschießen. Vielleicht wurde es ihnen zu teuer.

Obwohl es noch so dunkel wie beim Wecken war, konnte ein erfahrenes Auge an verschiedenen Zeichen ablesen, daß bald das Signal zum Ausmarsch gegeben würde. Chromois Gehilfe (der Kantinendienst Chromoi hielt sich einen Gehilfen und fütterte auch ihn durch) holte die Baracke sechs, die sogenannte Invalidenbaracke, zum Frühstück – alle, die nicht außerhalb des Lagers arbeiteten. Der alte Maler mit dem Bärtchen trottete langsam in die Kultur- und Bildungsabteilung – Farbe und Pinsel besorgen, um Nummern zu malen. Tatarin überquerte schon wieder eilig die Lagerstraße in Richtung Stabsbaracke. Nur wenige Menschen waren im Freien zu sehen – alle hatten sich noch einmal verkrochen und genossen die letzten Minuten im Warmen.

Schuchow versteckte sich schnell hinter einer Barackenecke: Wenn er Tatarin noch einmal in den Weg läuft, kassiert der ihn wieder ein. Man muß immer auf Draht sein. Darauf achten, daß die Aufseher einen nie allein sehen, sondern immer nur im Haufen. Vielleicht braucht so ein Aufseher jemanden für eine Arbeit, vielleicht möchte er auch nur seine schlechte Laune abreagieren. In allen Baracken wurde die Anordnung verlesen – daß man fünf Schritte vor dem Aufseher die Mütze abzunehmen hat und sie zwei Schritte entfernt erst wieder aufsetzen darf. Manche Aufseher tappen wie Blinde dahin, ihnen ist das ganz gleichgültig, anderen aber ist das eine reine Lust. Wie viele Häftlinge sind wegen dieser dummen Mütze schon im Bunker gelandet! Ach nein, lieber ein Weilchen hinter der Ecke stehenbleiben.

Tatarin war weitergegangen – und Schuchow schon fest entschlossen, in den Krankenbau zu gehen. Plötzlich fiel ihm ein, daß er heute früh vor dem Ausmarsch mit dem langen Letten aus Baracke sieben verabredet war, der ihm zwei Gläser Eigenbau verkaufen wollte. Schuchow war so beschäftigt gewesen, daß er es glatt vergessen hatte. Der lange Lette hatte gestern abend ein Paket bekommen, morgen besaß er vielleicht schon keinen Tabak mehr, dann mußte man wieder einen ganzen Monat auf das nächste Paket warten. Der Tabak war sehr gut, nicht zu scharf und aromatisch. Graubraun.

Schuchow ärgerte sich heftig und blieb unschlüssig stehen. Sollte er nicht lieber in die Baracke sieben umkehren? Aber zur Krankenbaracke waren es nur noch ein paar Schritte, und er lief im Trab zum Treppenaufgang. Der Schnee knirschte laut unter seinen Füßen. Der Flur im Revier war, wie immer, so sauber, daß er kaum wagte, ihn zu betreten. Die Wände waren mit weißer Emailfarbe gestrichen. Auch die Möbel waren alle weiß.

Aber die Türen der Behandlungsräume waren geschlossen. Na ja, die Ärzte hatten sich noch nicht aus ihren Betten erhoben. Im Dienstzimmer saß der Heilgehilfe, der junge Kolja Wdowuschkin, in einem frischen weißen Kittel an einem sauberen Tisch – und schrieb irgendwas.

Außer ihm war niemand da.

Schuchow nahm wie vor einem Natschalnik die Mütze ab, und da er aus alter Lagergewohnheit Dinge zu erspähen suchte, die man eigentlich nicht sehen sollte, bemerkte er natürlich auch, daß Nikolai regelmäßige Zeilen untereinander schrieb und jede Zeile, in leichtem Abstand vom Rand des Blattes, säuberlich mit einem großen Buchstaben begann. Schuchow begriff sofort, daß dies keine offizielle Arbeit, sondern eine Nebenbeschäftigung war, aber das ging ihn ja nichts an.

„Also, Nikolai Semjonytsch . . . ich bin gewissermaßen . . . krank", sagte Schuchow bekümmert, als habe er kein Recht dazu.

Wdowuschkin sah mit seinen ruhigen, großen Augen von der Arbeit auf. Er trug eine weiße Kappe, einen weißen Kittel, eine Nummer war nicht zu sehen.

„Warum kommst du so spät? Warum bist du nicht gestern abend gekommen? Du weißt doch, daß morgens keine Sprechstunde ist. Die Krankenliste ist schon in der Planabteilung."

Schuchow wußte das alles. Er wußte, daß es auch abends nicht einfacher war, sich krank schreiben zu lassen.

„Aber Kolja . . . gestern abend hatte ich noch nicht solche Schmerzen . . ."

„Was für Schmerzen? Was hast du denn?"

„So richtige Schmerzen sind es auch gar nicht. Mir ist einfach nicht wohl."

Schuchow gehörte nicht zu denen, die ständig versuchen, im Krankenbau unterzuschlüpfen, das wußte Wdowuschkin. Aber er durfte morgens nur zwei Mann krank schreiben – unter der grünlichen Glasplatte auf dem Tisch waren die Namen dieser zwei bereits notiert und ein Strich daruntergezogen.

„Du hättest es dir früher überlegen müssen. Warum kommst du direkt vor dem Ausmarsch her? Da, nimm!"

Wdowuschkin nahm eines der Thermometer heraus, die in einem Glas mit Gaze steckten, wischte die aseptische Lösung ab und reichte es Schuchow.

Schuchow setzte sich auf eine Bank an der Wand, auf die äußerste Kante, gerade so, daß die Bank nicht kippte. Er setzte sich nicht absichtlich so unbequem, aber unwillkürlich machte er damit deutlich, daß ihm das Revier fremd war und daß er nur wegen einer Kleinigkeit gekommen war.

Wdowuschkin schrieb weiter.

Der Krankenbau befand sich im entferntesten Winkel der Lagerzone, und von draußen drang kein Laut herein. Keine Wanduhr tickte hier – Häftlingen stehen Uhren nicht zu, die Lagerleitung weiß die Zeit für sie. Nicht einmal Mäuse raschelten irgendwo – alle hatte die eigens dazu angeschaffte Katze gefangen.

Schuchow war merkwürdig zumute, in einem so sauberen Zimmer, in einer solchen Stille, bei so hellem Lampenlicht ganze fünf Minuten dazusitzen und nichts zu tun. Er betrachtete die Wände ringsum – aber da war nichts. Er besah sich seine Jacke – die Nummer auf der Brust war abgescheuert, er mußte sie erneuern lassen, damit sie ihn nicht einbuchteten. Mit der freien Hand fuhr er über sein Gesicht – der Bart war seit der letzten Sauna, vor mehr als zehn Tagen, ganz schön gewachsen. Aber das störte ihn nicht. In drei Tagen ist wieder Sauna, dann wird er abrasiert. Warum stundenlang beim Friseur warten und Zeit verschwenden? Er brauchte sich ja für niemand schönzumachen.

Während Schuchows Blick an Wdowuschkins schneeweißer Mütze hängenblieb, erinnerte er sich an das Feldlazarett am Fluß Lowat, wohin er mit einer Kieferverletzung kam und sofort – idiotische Ungeduld – freiwillig zu seiner Einheit zurückkehrte. Fünf Tage hätte er dort liegen dürfen!

Und jetzt träumt er davon: für zwei, drei Wochen krank werden, nicht lebensgefährlich und ohne Operation, aber im Krankenbau liegen müssen – er würde seine drei Wochen dort bleiben, ohne sich zu rühren, würde Bouillon zu essen bekommen – nicht schlecht. Aber dann fiel Schuchow ein, daß man jetzt auch im Krankenbau keine Ruhe mehr hatte. Mit irgendeinem Transport war ein neuer Doktor angekommen – Stepan Grigorjitsch, ein übereifriger Angeber, der immer geschäftig herumrannte und auch den Kranken keine Ruhe gönnte: Er war auf die Idee gekommen, alle Patienten, die nicht liegen mußten, zur Arbeit in der Nähe des Lazaretts hinauszutreiben; sie mußten Zäune errichten, Wege anlegen, Erde für die Beete herbeischaffen und im Winter – Schnee schippen. Er sagte, Arbeit sei die beste Medizin.

Gäule können an zuviel Arbeit krepieren. Aber das muß man erst mal wissen. Wenn er selbst mal als Maurer geschuftet hätte, würde er sicher gern stillsitzen.

Wdowuschkin schrieb immer noch. Er war wirklich mit einer Schwarzarbeit, einer für Schuchow unverständlichen Arbeit, beschäftigt. Er schrieb ein langes Gedicht ins reine, das er gestern vollendet hatte und heute Stepan Grigorjitsch, jenem Verfechter der Arbeitstherapie, zu zeigen versprochen hatte.

Wie es nur im Lager passieren konnte, hatte Stepan Grigorjitsch Wdowuschkin geraten, sich als Arztgehilfe auszugeben, und ihm dann diesen Posten verschafft. So lernte Wdowuschkin, ungebildeten „Arbeitern", denen es bei ihrer Gutgläubigkeit nie in den Sinn gekommen wäre, daß der Arztgehilfe in Wirklichkeit gar keiner war, intravenöse Spritzen zu geben. Kolja hatte Literatur studiert, im zweiten Studienjahr war er verhaftet worden. Stepan Grigorjitsch wollte, daß er im Gefängnis schrieb, was er in der Freiheit nicht schreiben durfte.

... Durch die mit einer hellen Eisschicht bedeckten Doppelfenster drang kaum hörbar das Signal zum Ausmarsch. Schuchow stand seufzend auf. Er hatte noch immer leichten Schüttelfrost, aber anscheinend gelang es ihm nicht, sich zu drücken. Wdowuschkin streckte die Hand nach dem Thermometer aus, sah es an.

„Siehst du, nichts Ganzes und nichts Halbes, siebenunddreißig zwei. Wenn du achtunddreißig hättest, wäre die Sache jedem klar. Ich kann dich nicht krank schreiben. Wenn du es riskieren willst, kannst du hierbleiben. Wenn der Doktor nach der Untersuchung meint, daß du krank bist, stellt er dich zurück. Wenn nicht, fliegst du als Drückeberger in den Bunker. Geh lieber arbeiten."

Schuchow antwortete nicht, nickte nicht einmal, stülpte die Mütze auf und ging hinaus.

Wer im Warmen sitzt, kann einen Frierenden nicht verstehen.

Die Kälte benahm ihm den Atem. Beißender Nebel umhüllte ihn; er mußte husten. Draußen waren siebenundzwanzig Grad, Schuchow hatte siebenunddreißig. Mal sehen, wer der Stärkere ist.

Im Trab rannte Schuchow zu seiner Baracke. Die Lagerstraße war leer, das ganze Lager schien ausgestorben. Es war jener kurze, täuschende Augenblick, in dem schon alle zum Aufbruch bereit sind und doch jeder so tut, als sei gar nichts, als gebe es heute keinen Ausmarsch. Die Soldaten der Begleitmannschaft sitzen in ihren warmen Räumen, lehnen schlaftrunken die Köpfe an die Gewehre – auch für sie ist es kein Zuckerlekken, bei diesem Frost auf den Wachttürmen herumzustehen. Die Posten auf der Hauptwache schütten noch einmal Kohlen auf. Die Aufseher sitzen noch in ihrer Baracke und rauchen die letzte Selbstgedrehte zu Ende. Dann gehen sie die Sträflinge filzen. Und die Häftlinge, in ihrem abgerissenen Zeug, alle möglichen Stricke und Schnüre um den Leib gebunden, das Gesicht vom Kinn bis zu den Augen gegen den Frost mit Lappen umwickelt – liegen wie erstarrt, mit geschlossenen Augen, in ihren Filzstiefeln auf den Decken ihrer Pritschen. Bis der Brigadier brüllt: „Aufstehen!"

Auch die hundertvierte Brigade in Baracke neun döste vor sich hin. Nur der Hilfsbrigadier Pawlo bewegte leise die Lippen, während er mit dem Bleistiftstummel etwas ausrechnete, und auf einer oberen Pritsche las Schuchows Bettnachbar, der Baptist Aljoschka, ordentlich und sauber gewaschen, in seinem Notizbuch, in das er sich das halbe Neue Testament abgeschrieben hatte.

Obwohl Schuchow in höchster Eile hereingestürzt kam, bewegte er sich fast geräuschlos und – geradewegs zur Pritsche des Hilfsbrigadiers.

Pawlo sah auf.

„Nicht im Bunker, Iwan Denissytsch?" (Die

Westukrainer können es sich einfach nicht abgewöhnen, sogar im Lager reden sie einen noch mit Vatersnamen und Sie an.)

Er reichte ihm die Ration vom Tisch. Auf dem Brot war ein Häufchen Zucker wie ein kleiner, weißer Berg.

Schuchow hatte es sehr eilig, trotzdem antwortete er höflich (auch der Hilfsbrigadier ist ein Natschalnik, von ihm hängt mehr ab als vom Lagerkommandanten). Aber bei aller Eile – er schnappte den Zucker mit den Lippen auf, leckte das Brot ab, einen Fuß schon auf dem unteren Pritschenrand, um nach oben zu klettern und das Bett zu bauen – fand er noch Zeit, die Ration genau zu besehen, in der Hand abzuwiegen, ob sie auch die ihm zustehenden 550 Gramm hatte. Tausende solcher Rationen hatte Schuchow schon in verschiedenen Gefängnissen und Lagern bekommen, und obwohl er noch keine einzige auf der Waage hatte kontrollieren können, obwohl er als schüchterner Mensch nicht gewagt hätte, Krach zu schlagen und auf sein Recht zu pochen, wußte er wie jeder Häftling, daß die Leute von der Brotausgabe schummeln mußten, weil sonst das Brot nicht für alle reichen würde. An jeder Ration fehlte ein bißchen – die Frage war nur, wieviel? So betrachtete man jeden Tag sein Stück, um die Seele zu beruhigen: Vielleicht haben sie mich heute nicht so unverschämt übers Ohr gehauen? Vielleicht stimmt die Ration ungefähr? Ungefähr zwanzig Gramm zuwenig – dachte Schuchow und brach das Stück Brot in zwei Hälften. Eine Hälfte steckte er sich vorn unter die Weste, dort war eine kleine weiße Tasche eingenäht (die Westen für die Häftlinge hatten normalerweise keine Taschen). Die andere, beim Frühstück eingesparte Hälfte hätte er am liebsten sofort gegessen, aber was man eilig hinunterschlingt, setzt nicht an, sättigt nicht. Er streckte schon den Arm aus, um die halbe Ration in den Kasten zu legen, überlegte sich's aber anders, denn ihm fiel ein, daß den Leuten vom Barackendienst schon zweimal Prügel verpaßt worden waren, weil sie geklaut hatten. Die Baracke war groß, ein Absteigequartier.

Ohne das Brot hinzulegen, zog Iwan Denissowitsch die Filzstiefel aus, ließ geschickt die Fußlappen mitsamt dem Löffel darin, kletterte barfuß nach oben, zerrte in der Matratze ein kleines Loch auseinander und versteckte die halbe Ration in dem Sägemehl. Er riß sich die Mütze vom Kopf, nahm Nadel und Faden heraus (sie waren tief im Futter versteckt, weil beim Filzen auch die Mützen abgetastet wurden: Einmal hatte sich der Aufseher an der Nadel gestochen und vor Wut Schuchow fast den Schädel eingeschlagen). Ein Stich, noch einer, noch einer – und das Loch war zu. Inzwischen hatte sich der Zucker im Mund ganz aufgelöst. Alles in Schuchow war aufs äußerste gespannt – gleich wird der Einsatzleiter an der Tür losbrüllen. Schuchows Finger bewegten sich flink, seine Gedanken eilten schon voraus, er überlegte, was weiter zu tun sei. Der Baptist las nicht leise, sondern flüsternd in seinem Testament (vielleicht tat er es absichtlich für Schuchow, diese Baptisten machen gern Propaganda):

„Niemand aber unter euch leide als ein Mörder oder Dieb oder Übeltäter oder der in ein fremdes Amt greift. Leidet er aber als ein Christ, so schäme er sich nicht; er ehre aber Gott in solchem Fall."

Eins bewunderte er an Aljoschka: Er versteckte sein Notizbuch so geschickt in einer Wandritze, daß es noch bei keiner Filzung gefunden worden war.

Mit denselben raschen Bewegungen hängte Schuchow seine Wattejacke über einen Querbalken, zog seine Handschuhe unter der Matratze hervor, außerdem ein Paar abgetragene Fußlappen, eine Schnur und einen Lappen mit zwei Streifen daran. Er verteilte das Sägemehl möglichst gleichmäßig in der Matratze (es war klumpig zusammengepreßt), stopfte die Decke rundum fest, warf das Kopfkissen an seinen Platz – kletterte mit bloßen Füßen wieder hinunter und zog die Stiefel an, zuerst aber die guten Fußlappen, darüber die abgetragenen.

In diesem Augenblick räusperte sich der Brigadier laut, stand auf und bellte:

„Aufstehen, Hundertvierte! Raustreten!"

Sofort erhob sich die ganze Brigade, ob sie noch gedöst hatte oder nicht, gähnte und marschierte zum Ausgang. Der Brigadier saß schon neunzehn Jahre, er jagte keinen auch nur eine Minute zu früh hinaus. Wenn er „Raustreten!" schrie, war es wirklich höchste Zeit.

Während die anderen seiner Brigade einer nach dem anderen wortlos hinausstapften, durch den Korridor, dann durch den Vorraum auf die Vortreppe, und der Brigadier der Zwanzigsten ebenso wie Tjurin „Raustreten!" brüllte, war Schuchow mit den doppelt gewickelten Fußlappen in die Filzstiefel geschlüpft, hatte die Wattejacke über die Weste gezogen und mit einem Strick gegürtet (hatte einer Lederriemen, so nahm man sie ihm ab, Lederriemen sind im Sonderlager nicht erlaubt). Schuchow hatte glücklich alles erledigt und holte im Vorraum die letzten aus seiner Brigade ein; ihre Rücken mit den Nummern verschwanden durch die Tür zur Vortreppe. Dicklich, schwerfällig, weil sie alle Kleidungsstücke anhatten, die sie besaßen, gingen die Männer im Gänsemarsch zur Lagerstraße, bestrebt, einander nicht zu überholen. Ihre Stiefel knirschten auf dem Schnee.

Es war immer noch dunkel, obwohl der Himmel im Osten schon heller wurde und grünlich schimmerte. Von Osten wehte ein dünner, bösartiger Wind. Das war der bitterste Augenblick – dieser Ausmarsch am Morgen. In die Dunkelheit hinaus, durch den Frost, mit hungrigem Bauch, für einen ganzen Tag. Die Zunge ist wie gelähmt, man mag nicht reden.

An der Lagerstraße rannte der stellvertretende Einsatzleiter hin und her.

„Na, Tjurin, wie lange sollen wir noch warten? Hinkst du wieder mal nach?"

Diesen Unteroffizier fürchtete Schuchow vielleicht, nicht aber Tjurin. Der würde bei dieser Kälte seinetwegen nicht den Mund aufmachen, wenn's nicht nötig war. Er stapfte schweigend weiter. Und die Brigade ihm nach durch den Schnee: tapp-tapp, knarr-knarr.

Das Kilo Speck hatte er offenbar abgeliefert – denn die Hundertvierte kam wieder zu ihrer alten Kolonne, man sah es an den Nachbarbrigaden. In die Sozsiedlung würden sie Ärmere und Dümmere abschieben. Das mußte heute entsetzlich sein: siebenundzwanzig Grad, dazu dieser Wind und nirgends ein Unterschlupf!

Der Brigadier braucht viel Speck: für die Plan- und Produktionsabteilung und für den eigenen Wanst. Er selbst bekommt zwar keine Pakete geschickt – trotzdem sitzt er niemals auf dem trokkenen. Wer von der Brigade etwas bekommt – bringt ihm gleich seinen Anteil. Nur so kann man überleben.

Der oberste Einsatzleiter notiert etwas auf seinem Brett:

„Von deinen Leuten ist einer krank, Tjurin, dreiundzwanzig rücken aus?“

„Ja“, nickt der Brigadier.

Wer fehlt denn? Pantelejew. Der ist doch nicht krank!

Sofort geht ein Flüstern durch die Brigade: Pantelejew, dieser Hund, bleibt schon wieder im Lager. Er ist gar nicht krank, der Politoffizier hat ihn freigestellt. Wird wieder jemand verpfeifen.

Tagsüber können sie ihn ungestört holen, stundenlang dortbehalten, kein Mensch hat etwas gesehen oder gehört.

Und hicr wird cr als Krankcr cingctragen . . .

Die ganze Lagerstraße war schwarz von Wattejacken – langsam rückten die Brigaden zum Filzen vor. Da fiel es Schuchow ein, daß er die Nummer auf seiner Weste erneuern lassen mußte, er drängelte sich quer durch die Kolonne auf die andere Seite der Lagerstraße. Dort standen schon ein paar Häftlinge beim Maler Schlange. Auch Schuchow stellte sich an. Diese Nummer bringt unsereinem nur Ärger, der Aufseher erkennt einen schon von weitem daran, jeder Konvoisoldat kann sie sich notieren, und wenn man sie nicht rechtzeitig erneuern läßt – kriegt man Bunker: Warum kümmerst du dich nicht um die Nummer?

Im Lager gibt es drei Maler, sie malen für die Chefs kostenlos Bilder, außerdem kommen sie abwechselnd morgens zum Ausmarsch, um Nummern zu pinseln. Heute ist der Alte mit dem grauen Bärtchen dran. Wenn er mit seinem Pinsel die Nummer auf der Mütze nachzieht – denkt man, der Pope salbt einem die Stirn mit Öl.

Er pinselt und pinselt und haucht in seinen

Handschuh. Der Handschuh ist gestrickt, dünn, die Hand erstarrt, bringt die Nummern kaum zustande.

Der Maler hatte das „S-854" auf Schuchows Weste erneuert, und Schuchow rannte seiner Brigade nach, ohne die Wattejacke zuzuknöpfen, und mit dem Strick in der Hand, weil sie ja doch gleich gefilzt wurden. Und er bemerkte sofort, daß Caesar, einer aus seiner Brigade, rauchte. Er rauchte nicht Pfeife wie sonst, sondern eine Zigarette – also konnte man einen Zug bei ihm schnorren. Aber Schuchow bat ihn nicht geradeheraus darum, er blieb nur dicht neben Caesar stehen und streifte ihn mit einem halben Blick.

Scheinbar gleichgültig sah er an ihm vorbei, aber er beobachtete genau, wie die Zigarette allmählich kürzer wurde (Caesar zog nur ab und zu gedankenverloren daran), wie sich der Rand rotglühender Asche weiterbewegte und allmählich der Zigarettenspitze näherte.

Da machte sich Fetjukow heran, dieser Schakal, stellte sich genau vor Caesar hin und starrte ihm auf den Mund, mit glühenden Augen.

Schuchow besaß kein Krümelchen Tabak mehr, und bis zum Abend hatte er keine Aussicht, sich welchen zu beschaffen. Er zitterte innerlich vor Spannung, und der Zigarettenstummel schien ihm kostbarer als die Freiheit zu sein, aber er würde sich nie so erniedrigen wie Fetjukow und einem anderen auf den Mund starren.

In Caesar hatten sich wohl alle Rassen gemischt: Es ließ sich nicht ausmachen, ob er Grieche, Jude oder Zigeuner war. Er war noch jung. Hatte Filme gedreht. Aber er hatte den ersten noch nicht beendet, als er verhaftet wurde. Er trug einen dichten schwarzen Schnurrbart. Den hatte man ihm hier nicht abrasiert, weil er auf dem Foto in seinen Akten genauso aussah.

„Caesar Markowitsch!" Fetjukow, der es nicht mehr aushielt, sagte sabbernd: „Lassen Sie mich nur einmal ziehen!"

Sein Gesicht war von Gier verzerrt.

... Caesar hob die Augenlider ein wenig, die halb geschlossen über den schwarzen Augen lagen, und sah Fetjukow an. Deswegen hatte er sich angewöhnt, Pfeife zu rauchen, damit ihn niemand störte und um den Zigarettenstummel bat. Es tat ihm nicht um den Tabak leid, sondern um den unterbrochenen Gedankengang. Er rauchte, um sich auf einen wichtigen Gedanken zu konzentrieren und ihn auszuspinnen. Aber kaum zündete er sich eine Zigarette an, las er in mehreren Augenpaaren: „Laß mir was übrig."

... Caesar drehte sich zu Schuchow um und sagte:

„Da, nimm, Iwan Denissytsch!"

Mit Daumen und Zeigefinger drehte er den glühenden Zigarettenstummel aus der kurzen Bernsteinspitze.

Schuchow zuckte zusammen (er hatte damit gerechnet, daß Caesar ihm die Kippe von selber anbieten würde), mit einer Hand nahm er hastig, dankbar das Zigarettenende, die andere hielt er schützend darunter, damit es nicht auf die Erde fiel. Er war nicht beleidigt, daß Caesar ihn nicht aus der Bernsteinspitze rauchen ließ (die einen haben einen sauberen Mund, die anderen einen stinkigen), und seine schwieligen Finger waren unempfindlich gegen die Glut. Hauptsache – er hatte diesem Schakal Fetjukow eins ausgewischt. Und nun zog er den Rauch ein, bis er sich die Lippen an der Glut versengte. Hmmm! Der Rauch durchdrang den hungrigen Körper, Schuchow spürte es sofort in den Beinen und im Kopf.

Kaum hatte das Wohlgefühl seinen ganzen Körper durchströmt, als Iwan Denissowitsch die anderen rufen hörte:

„Sie nehmen uns die Unterhemden ab."

So ist das Leben des Sträflings. Schuchow hatte sich daran gewöhnt: Sieh dich nur vor, daß sie dir nicht an die Gurgel fahren.

Warum die Hemden? Der Kommandant selbst hat sie doch ausgeben lassen? . . . Da stimmt was nicht . . .

Vor ihnen mußten noch zwei Brigaden gefilzt werden, und jetzt konnte die ganze Hundertvierte sehen: Der diensthabende Natschalnik, Leutnant Wolkowoi, war aus der Stabsbaracke herübergekommen und schrie den Aufsehern etwas zu. Und die Aufseher, die eben noch nachlässig gefilzt hatten, wurden wild, stürzten sich wie Tiere auf die Häftlinge, und der Oberaufseher brüllte:

„Hemden aufknöpfen!"

Nicht nur die Häftlinge und die Aufseher fürchteten Wolkowoi, es hieß sogar, der Lagerkommandant hätte Angst vor ihm. Gott hatte den Schurken gekennzeichnet, hatte ihm einen schönen Namen gegeben! – Wolkowoi sah wirklich aus wie ein Wolf. Dunkelhaarig, lang aufgeschossen, mit finsterem Gesicht – und überall zur gleichen Zeit. Tauchte plötzlich hinter einer Baracke auf: „Was soll die Versammlung hier?" Man konnte ihm einfach nicht entgehen. Anfangs trug er immer eine Peitsche bei sich, armlang, aus Leder geflochten. Es hieß, daß er im Lagergefängnis Häftlinge damit prügelte. Oder abends, wenn die Häftlinge sich zum Zählappell vor der Baracke zusammendrängten, schlich er sich von hinten an sie heran und schlug einem mit der Peitsche ins Genick: „Warum stehst du nicht im Glied, Sauhund!“ Wie eine Welle wich die Menge vor ihm zurück. Der Getroffene faßte sich in den Nacken, wischte schweigend das Blut ab: damit er ihn nicht auch noch in den Bunker steckte.

Aus irgendwelchen Gründen trug er jetzt die Peitsche nicht mehr bei sich. Bei Frost waren die normalen Filzungen, wenigstens morgens, nicht besonders streng: Der Häftling knöpfte seine Wattejacke auf und schlug die Rockschöße seitwärts zurück. Zu fünft traten sie vor, fünf Aufseher standen ihnen gegenüber. Sie tasteten die umgürteten Westen an den Seiten ab, klopften auf die einzige erlaubte Tasche über dem rechten Knie – sie trugen Handschuhe, und wenn sie etwas Verdächtiges fühlten, zogen sie es nicht sofort heraus, sondern fragten träge: „Was ist das?“

Was soll man auch morgens bei einem Häftling suchen? Ein Messer? Die trägt man doch nicht aus dem Lager hinaus, sondern hinein. Morgens muß kontrolliert werden, ob nicht einer drei Kilo Proviant bei sich hat, um damit zu türmen. Eine Zeitlang waren sie wegen dem bißchen Brot, diesen zweihundert Gramm zum Mittag, so hysterisch, daß folgende Anordnung erlassen wurde: Jede Brigade muß sich einen Holzkoffer machen und darin das gesamte Brot der Brigade transportieren, jeder hat sein Stückchen abzugeben. Was sie sich davon versprachen, war unerfindlich, wahrscheinlich wollten sie die Häftlinge nur quälen, ihnen eine zusätzliche Sorge aufladen: Man versucht, sich die angebissene Ration zu merken, wenn man sie in den Koffer legt, aber ein Stück sieht doch wie das andere aus, alles das gleiche Brot, und den ganzen Weg denkt man unruhig daran, daß man nicht sein eigenes Stück wiederbekommt; deswegen gibt's später Streitereien, manchmal sogar eine Schlägerei. Aber dann türmten eines Tages drei Mann mit einem Auto von der Arbeitsstelle und nahmen einen Brotkoffer mit. Da kam die Lagerleitung wieder zur Vernunft, und die Koffer wurden auf der Wache kurz und klein gehackt. Jeder soll seine Ration wieder selbst tragen, hieß das. Morgens müssen sie auch kontrollieren, ob nicht jemand unter seiner Häftlingskleidung einen Zivilanzug trägt. Aber alle Zivilklamotten sind ja längst kassiert worden. Nach Verbüßung der Strafe bekommt man sie zurück, hieß es. Aber bis jetzt ist noch keiner aus diesem Lager entlassen worden.

Außerdem wird kontrolliert, ob nicht jemand Briefe bei sich hat, um sie durch einen „Freien" abschicken zu lassen. Aber wenn man jeden einzelnen nach Briefen filzen wollte, dann ginge der ganze Vormittag drauf.

Nun hat Wolkowoi den Aufsehern den Befehl zum Filzen zugebrüllt – und sie ziehen schnell die Handschuhe aus, befehlen den Häftlingen, die Westen zu öffnen (die noch ein wenig Barakkenwärme speicherten), die Hemden aufzuknöpfen, und dann tasten sie jeden ab, ob er nicht vorschriftswidrig noch etwas darunter anhat. Dem Sträfling stehen zwei Hemden zu, ein Unter- und ein Oberhemd, alles übrige ausziehen! so gaben die Häftlinge Wolkowois Befehl von einer Reihe zur anderen weiter. Die Brigaden, die bereits gefilzt waren, hatten Glück gehabt, einige waren auch schon außerhalb des Lagertors, aber die noch hier standen – los, Jacke aufmachen! Wer zuviel anhatte, mußte es sofort ausziehen, hier in dieser Kälte!

Aber mit dieser Prozedur kamen sie heute nicht weit: Am Lagertor gab's schon Luft, die

Wachtposten brüllten: „Vorwärts, vorwärts!“ Bei der Hundertvierten ließ Wolkowoi Gnade vor Recht ergehen: Aufschreiben, wer zuviel anhat, abends muß der Betreffende das Zeug selber in der Kammer abliefern, mit einer schriftlichen Erklärung, wie und warum er es verheimlicht hat.

Schuchow trug nur Lagerkleidung, da, fühl nach – nur Brust und Seele drunter, aber bei Caesar schrieben sie ein Flanellhemd auf und bei Buinowski eine Art Weste oder Seelenwärmer. Da brüllte Buinowski los, wie er es auf seinen Torpedobooten gewöhnt war – er war erst drei Monate im Lager:

„Ihr habt kein Recht dazu, die Leute bei dieser Kälte auszuziehen! Ihr kennt Artikel Neun des Strafgesetzbuches nicht! . . .“

Haben sie. Kennen sie. Du weißt noch nicht, was hier los ist, mein Lieber!

„Ihr seid keine Sowjetmenschen!“ donnerte der Kapitän sie an. „Ihr seid keine Kommunisten!“

Das mit Artikel Neun hatte Wolkowoi noch geschluckt, aber jetzt schoß er wie ein schwarzer Blitz dazwischen:

„Zehn Tage verschärften Arrest!“

Und etwas leiser zum Sergeanten:

„Meldung erst heut abend.“

Morgens stecken sie einen nicht gern in den Bunker, weil dann ein Arbeitstag verlorengeht. Der Kerl soll erst seinen Tag abschuften, abends in den Bau mit ihm!

Linker Hand von der Lagerstraße war das Gefängnis, ein Steinbau mit zwei Flügeln. Der zweite Flügel wurde erst in diesem Herbst angebaut, weil einer nicht ausreichte. Das Gefängnis hatte achtzehn Blöcke, die in Einzelzellen unterteilt waren. Das ganze Lager bestand aus Holzbaracken, nur das Gefängnis war aus Stein.

Die Kälte war unters Hemd gekrochen, jetzt kriegte man sie nicht mehr heraus. Wie sehr sich die Häftlinge auch eingemummt hatten – alles für die Katz. Und Schuchow spürt im Rücken immer noch dieses Ziehen. Jetzt im Krankenbau liegen – und schlafen. Mehr möchte er nicht. Nur noch eine möglichst schwere Bettdecke.

Die Häftlinge stehen vor dem Tor, knöpfen sich wieder zu, binden ihre Stricke um, draußen schreien die Soldaten:

„Vorwärts! Vorwärts!"

Und der Einsatzleiter knufft sie in den Rücken: „Vorwärts! Vorwärts!"

Das erste Tor. Die Vorzone. Das zweite Tor. Und neben der Wache an beiden Seiten Absperrungen.

„Halt!" schreit der Posten. „Wie eine Hammelherde! In Fünferreihen aufstellen!"

Es dämmert schon. Das Feuer, das die Begleitmannschaft hinter der Wache angezündet hatte, war fast niedergebrannt. Vor dem Ausmarsch machen sie immer ein Feuer – um sich daran zu wärmen und um besser abzählen zu können.

Ein Wachtposten zählte mit lauter, scharfer Stimme:

„Eins! Zwei! Drei!"

Die Fünferreihen lösten sich von der Kolonne und gingen in Abständen vorwärts, so daß man sie von hinten wie von vorn gleich gut sehen konnte: fünf Köpfe, fünf Rücken, fünf Paar Beine.

Der zweite Wachtposten steht schweigend an der Absperrung, er kontrolliert noch einmal, ob die Zahl stimmt.

Und ein Leutnant steht daneben, sieht zu.

Das ist die Lagerkontrolle.

Ein Mensch ist kostbarer als Gold. Wenn hinter dem Stacheldraht auch nur einer fehlt, kommst du selber ins Loch. Die Brigade schließt sich wieder zusammen.

Jetzt zählt der Sergeant der Begleitmannschaft ab:

„Eins! Zwei! Drei!"

Wieder trennen die Fünferreihen sich voneinander und gehen einzeln vorwärts.

Und der stellvertretende Mannschaftsführer zählt von der andern Seite nach.

Und dann noch ein Leutnant.

So kontrolliert die Begleitmannschaft.

Ein Fehler wäre verhängnisvoll. Quittiert man für einen fehlenden Kopf, dann muß man den eigenen dafür hinhalten.

Und erst das Aufgebot an Begleitsoldaten! Im Halbkreis umstehen sie die Kolonne für das Wärmekraftwerk, die Maschinenpistolen im Anschlag, zielen einem genau in die Visage. Dann die Hundeführer mit den grauen Hunden. Einer fletscht die Zähne, als ob er die Häftlinge auslache. Die Soldaten tragen alle Halbpelze, nur sechs von ihnen haben lange Pelzmäntel an. Die Pelzmäntel bekommen immer die Posten auf den Wachttürmen.

Noch einmal zählte die Begleitmannschaft die ganze Kolonne für das Kraftwerk ab und brachte die Brigaden durcheinander.

„Bei Sonnenaufgang ist die Kälte immer am größten", erklärte der Kapitän, „weil da der tiefste Punkt der nächtlichen Abkühlung erreicht ist."

Der Kapitän gibt gern solche Erklärungen. Welchen Mond wir haben, ob er zu- oder abnimmt – das kann er dir für jeden Tag in jedem beliebigen Jahr berechnen.

Man sieht es dem Kapitän an, wie dreckig es

ihm geht, sein Gesicht ist ganz eingefallen – trotzdem ist er guten Muts.

Hier draußen im Freien, wo ständig ein leichter Wind wehte, brannte der Frost sogar auf Schuchows Gesicht, das doch jedes Wetter gewöhnt war. Da er schnell heraus hatte, daß der Wind ihm auf dem ganzen Weg zum Kraftwerk ins Gesicht wehen würde, beschloß er, sich den Lappen vorzubinden. Diesen Lappen mit zwei langen Streifen daran trug er wie viele andere Häftlinge bei sich. Sie fanden, daß der Lappen den Gegenwind abhielt. Schuchow deckte das Gesicht bis zu den Augen damit zu, führte die Streifen unter den Ohren entlang bis in den Nakken und band sie zusammen. Dann zog er den Umschlag der Mütze in den Nacken und stellte den Kragen der Wattejacke hoch. Den vorderen Aufschlag der Mütze zog er tief in die Stirn. Nur die Augen waren noch sichtbar. Die Wattejacke band er in der Taille mit dem Strick fest zusammen. Jetzt war alles in Ordnung – bis auf die abgetragenen Fausthandschuhe und die froststarren Hände darin. Er rieb und schlug sie gegeneinander, weil er wußte, daß er sie den ganzen Weg auf dem Rücken halten mußte.

Der Mannschaftsführer verlas das tägliche „Gebet", das allen zum Hals heraushing:

„Achtung, Strafgefangene! Während des Marsches ist in der Kolonne strengste Ordnung einzuhalten! Nicht zurückbleiben, nicht zu dicht aufrücken, nicht aus einer Fünferreihe in eine andere überwechseln, nicht miteinander reden, nicht zur Seite blicken, die Hände immer auf dem Rücken halten! Ein Schritt nach links oder rechts gilt als Fluchtversuch, die Soldaten eröffnen das Feuer ohne vorherige Warnung! Kolonnenführer, Schritt marsch!"

Die beiden vorderen Konvoisoldaten hatten sich anscheinend in Bewegung gesetzt. Die Kolonne schwankte vorwärts, die Schultern wogten auf und ab, in zwanzig Schritt Entfernung gingen rechts und links die Soldaten, immer zehn Schritte Abstand haltend, die Maschinenpistolen schußbereit.

Seit einer Woche hatte es nicht mehr geschneit, der Schnee auf dem Weg war festgetreten. Sie gingen im Bogen um das Lager herum – der Wind fuhr ihnen jetzt schräg ins Gesicht. Die Arme auf dem Rücken, die Köpfe gesenkt, marschierte die Kolonne wie zu einer Beerdigung. Die Beine von zwei, drei Leuten vor einem und ein Fleckchen zertrampelten Bodens unter den eigenen Füßen – das war alles, was man sah. Ab und zu brüllte ein Posten: „J-48! Hände auf den Rücken!", „B-502! Aufschließen!" Dann schrien sie immer seltener: Der schneidende Wind behinderte die Sicht. Sie durften sich keine Lappen vors Gesicht binden. Auch kein beneidenswerter Dienst . . .

Wenn es wärmer war, unterhielten sich alle in der Kolonne, ob man sie anbrüllte oder nicht. Heute aber gingen alle mit eingezogenem Kopf, jeder versteckte sich hinter dem Rücken seines Vordermannes und hing den eigenen Gedanken nach.

Auch die Gedanken des Häftlings sind unfrei, konzentrieren sich immer wieder auf eins, drehen sich ständig um dasselbe: Hoffentlich entdeckt niemand die Ration in der Matratze! Ob sie mich abends krank schreiben? Muß der Kapitän nun in den Bunker oder nicht? Wo hat Caesar die warme Unterwäsche her? Sicher aus der Kammer, hat dort einen geschmiert.

Weil Schuchow nur die kalte Suppe ohne Brot

gegessen hatte, fühlte er sich heute noch hungrig. Damit sein Magen nicht zu knurren anfing und nicht nach Essen verlangte, dachte Schuchow nicht mehr ans Lager, sondern an den Brief, den er bald nach Hause schreiben wollte.

Die Kolonne passierte das Holzverarbeitungswerk, das die Häftlinge gebaut hatten, dann ein Wohnviertel (auch diese Baracken hatten die Häftlinge aufgestellt, jetzt wohnten Freie darin), dann den neuen Klub (vom Fundament bis zum Anstrich alles Häftlingsarbeit, aber ins Kino dort gehen nur die Freien), und dann marschierte die Kolonne, dem Wind und dem Sonnenaufgang direkt entgegen, in die Steppe hinaus. Zu beiden Seiten bis zum Horizont nur die kahle weiße Schneefläche, in der ganzen Steppe nicht ein einziger armseliger Baum.

Das Jahr einundfünfzig hatte gerade begonnen, in diesem Jahr durfte Schuchow zwei Briefe schreiben. Den letzten hatte er im Juli abgeschickt, die Antwort im Oktober erhalten. In Ust-Ischma war es anders gewesen, dort konnte man, wenn man wollte, jeden Monat schreiben. Aber was sollte er viel schreiben? Damals hatte Schuchow auch nicht öfter als jetzt nach Hause geschrieben.

Am dreiundzwanzigsten Juni einundvierzig hatte Schuchow seine Familie verlassen müssen. Am Sonntag kamen die Leute von Polomna aus der Messe und sagten: Es ist Krieg. Der Postbeamte in Polomna hatte es erfahren, in Temgenjowo besaß vor dem Krieg noch kein Mensch ein Radio. Jetzt lärmt in jedem Haus ein Radio, Drahtfunk, schreiben sie.

Einen Brief schreiben, das ist, wie wenn man Steinchen in ein tiefes Wasser wirft. Was dort hineinfällt, ist spurlos verschwunden – nichts erinnert mehr daran. Soll man etwa schreiben, in welcher Brigade man arbeitet, wie der Brigadier Andrej Prokofjewitsch Tjurin ist? Mittlerweile hat man mit Kilgas, dem Letten, mehr zu bereden als mit den eigenen Angehörigen.

Sie schreiben auch nur zweimal im Jahr – man kann sich ihr Leben da draußen gar nicht mehr vorstellen. Sie berichten von einem neuen Kolchosvorsitzenden – jedes Jahr haben sie doch einen neuen. Die Kolchose ist vergrößert worden – früher wurden die Kolchosen auch zusammengelegt und dann wieder geteilt. Ja, und wer seine Arbeitsnorm nicht erfüllt, muß sein Hofland bis auf fünfzehn Ar abgeben, manchmal sogar alles.

Was Schuchow dagegen nicht in den Kopf will: Auf der Kolchose arbeitet seit dem Krieg nicht eine Seele mehr als früher. Wie seine Frau schreibt, gehen die Burschen und Mädchen, wenn sie es irgendwie schaffen, fast ausnahmslos als Fabrikarbeiter in die Stadt oder in den Torfbruch. Von den Männern ist die Hälfte nicht aus dem Krieg zurückgekehrt, die übrigen wollen mit der Kolchose nichts mehr zu tun haben: Sie wohnen noch im Dorf, arbeiten aber auswärts. Die einzigen Männer in der Kolchose sind der Brigadier Sachar Wassiljitsch und der Zimmermann Tichon mit seinen vierundachtzig Jahren, vor kurzem hat er noch geheiratet, Kinder sind auch schon da. Die Frauen, die schon seit neunzehnhundertdreißig die Kolchose bestellen, rackern sich heute noch dort ab.

Das kann und kann Schuchow nicht begreifen: im Dorf wohnen, auswärts arbeiten. Schuchow kannte das Leben eines Einzelbauern und eines Kolchosarbeiters, aber daß die Bauern nicht im eigenen Dorf arbeiten, kann er nicht gutheißen.

Gingen sie auf Saisonarbeit oder so was? Und was machen sie während der Heumahd?

Saisonarbeit, antwortete seine Frau ihm, gibt's schon lange nicht mehr. Die Männer gehen nicht mehr als Zimmerleute, wofür ihre Gegend früher berühmt war, flechten keine Bastkörbe mehr, weil sie niemand verlangt. Dafür gibt es jetzt ein neues, kurzweiliges Gewerbe – Teppiche pinseln. Irgend jemand brachte Malschablonen aus dem Krieg mit, seitdem ist es weit verbreitet, und immer mehr dieser kunstfertigen Pinsler tauchen auf: Sie sind nirgendwo fest angestellt, arbeiten nirgendwo, einen Monat helfen sie auf der Kolchose, zur Zeit der Heumahd und der Ernte, dann gibt die Kolchose ihnen für die übrigen elf Monate eine Bescheinigung, daß der Kolchosangehörige Soundso privater Angelegenheiten wegen beurlaubt ist und keine Forderungen an ihn bestehen. Sie reisen kreuz und quer durchs Land, sogar mit dem Flugzeug, weil sie mit ihrer Zeit haushalten, Tausende streichen sie auf diese Weise ein, und überall malen sie Wandteppiche: das Stück für fünfzig Rubel, auf jedem alten Bettlaken – für einen Teppich braucht man ungefähr eine Stunde, nicht mehr. Und seine Frau hegt die feste Hoffnung, daß Iwan eines Tages heimkehrt und auch solch ein Maler wird. Dann kommen sie endlich aus der Armut heraus, die ihr das Leben schwermacht, die Kinder können aufs Technikum gehen, und anstelle der alten, morschen Hütte bauen sie sich eine neue. Alle diese Pinsler bauen sich Häuser, in der Nähe der Eisenbahn kostet ein Haus jetzt nicht mehr fünftausend wie früher, sondern fündundzwanzig.

Da bat er seine Frau, ihm zu beschreiben – wie er denn ein Maler werden sollte, wo er doch überhaupt nicht zeichnen konnte? Und was für merkwürdige Wandteppiche das seien, was darauf gemalt sei? Die Frau antwortete ihm, nur ein Dummkopf könne sie nicht bemalen: Man legt die Schablone aufs Tuch und streicht mit dem Pinsel über die Löcher. Es gibt drei verschiedene Teppichschablonen: „Troika" – ein Dreigespann mit schönem Geschirr zieht einen Schlitten, in dem ein Husarenoffizier sitzt, dann „Der Hirsch", und die dritte hat ein persisches Motiv. Andere Muster gibt es nicht, aber mit diesen sind die Leute überall sehr zufrieden und reißen sie einem aus der Hand. Weil ein echter Teppich nicht fünfzig, sondern Tausende kostet.

Schuchow möchte zu gern einmal einen Blick auf diese Teppiche werfen . . .

Während seiner Lager- und Gefängniszeit hatte Iwan Denissowitsch es sich ganz abgewöhnt zu überlegen, was morgen, was in einem Jahr sein wird und wovon er die Familie ernähren soll. Über alles denkt die Lagerleitung für ihn nach – so ist es auch einfacher. Zwei Winter und zwei Sommer muß er ja noch sitzen. Aber diese Teppiche haben es ihm angetan . . .

Anscheinend ein leichter, schneller Verdienst. Und außerdem wäre es kränkend, hinter den andern im Dorf zurückzustehen. Aber ehrlich gestanden, Iwan Denissowitsch hatte keine Lust, sich auf dieses Teppichgeschäft einzulassen. Dazu brauchte man Dreistigkeit und Unverfrorenheit, mußte den oder jenen schmieren. Schuchow hatte seine vierzig Jahre auf dem Buckel, nur noch die Hälfte seiner Zähne und eine Glatze, er hatte noch nie jemand geschmiert und sich von niemand schmieren lassen, selbst im Lager hatte er es nicht gelernt.

Leichtverdientes Geld hat kein Gewicht, man spürt gar nicht, daß man dafür gearbeitet hat. Die

Alten hatten mit ihrem Spruch ganz recht: Was man nicht bezahlt, trägt man auch nicht heim. Schuchow hat noch kräftige Hände, die zupacken können, es wäre doch gelacht, wenn er nach seiner Entlassung nicht eine Arbeit als Ofensetzer oder Tischler oder Klempner finden würde!

Aber da gab's ein Hindernis: Wer unter Aberkennung der bürgerlichen Ehrenrechte verurteilt worden war, bekam nirgends Arbeit und durfte nicht an seinen alten Wohnsitz zurückkehren.

Inzwischen hatte die Kolonne vor der Wache der ausgedehnten Baustelle haltgemacht. Schon vorher, an einer Ecke der Bauzone, hatten sich zwei Soldaten in Pelzmänteln von der Kolonne getrennt und waren über das Feld zu ihren entfernt gelegenen Wachttürmen gestapft. Ehe nicht alle Türme mit Posten besetzt waren, wurde niemand in die Zone gelassen. Der Begleitkommandoführer ging mit der Maschinenpistole über der Schulter zur Wache. Aus dem Schornstein steigt ununterbrochen dicker Rauch: Ein Freier sitzt dort die ganze Nacht, damit nicht Bretter oder Zement von der Baustelle gestohlen werden.

Genau hinter dem Gittertor, hinter der Baustelle und dem weit entfernten Stacheldrahtzaun auf der gegenüberliegenden Seite, geht die Sonne groß, rot, dunstverschleiert auf. Aljoschka, neben Schuchow, sieht in die Sonne und freut sich, ein Lächeln um die Lippen. Sein Gesicht ist eingefallen, er muß mit seiner Ration auskommen, verdient sich nirgendwo etwas dazu – worüber freut er sich? Sonntags hockt er mit den anderen Baptisten zusammen. Sie schütteln das Lager von sich ab wie die Gans das Wasser.

Der Gesichtsschutz, dieses Läppchen, war während des Marsches vom Atmen ganz feucht geworden und in der Kälte zu einer Eiskruste erstarrt. Schuchow streifte ihn vom Gesicht, ließ ihn um den Hals hängen und stellte sich mit dem Rücken gegen den Wind. Er hatte den Marsch ganz gut überstanden, nur die Hände in den abgetragenen Fausthandschuhen waren durchfroren, und die Zehen am linken Fuß taub vor Kälte: Der linke Stiefel war versengt und schon zweimal geflickt.

Im Kreuz und im Rücken bis zu den Schultern hinauf zieht und reißt es – wie soll er heute arbeiten?

Er sah sich um – dem Brigadier, der in der Fünferreihe hinter ihm marschiert war, gerade ins Gesicht. Der Brigadier ist breitschultrig und hat ein breites Gesicht. Er sieht finster aus. Er geht mit seiner Brigade nicht gerade zimperlich um, aber er kümmert sich um die Verpflegung, sorgt für große Rationen. Er sitzt schon zum zweitenmal, als besonderer Liebling der GULAG* kennt er die Lagersitten in- und auswendig.

Der Brigadier ist im Lager alles: Ein guter Brigadier schenkt dir ein zweites Leben, ein schlechter bringt dich unter die Erde. Schuchow kannte Andrej Prokofjewitsch schon in Ust-Ischma, nur war er damals noch nicht in seiner Brigade. Als dann die Achtundfünfziger aus dem gewöhnlichen Lager hierher, ins Sonderlager, geschafft wurden, nahm Tjurin ihn in seine Brigade. Mit dem Lagerkommandanten, der Plan- und Produktionsabteilung, den Bauführern und Ingenieuren hat Schuchow nichts zu tun: überall steht der Brigadier für ihn ein, er hat eine stählerne Brust. Aber wenn er nur eine Braue runzelt oder mit dem Finger winkt – tu sofort, was er dir sagt. Hau alle im Lager übers Ohr, nur

* GULAG – Hauptverwaltung der Straflager.

nicht Andrej Prokofjitsch. Dann bleibst du am Leben.

Schuchow möchte den Brigadier fragen, ob sie an ihrer gestrigen Arbeitsstelle bleiben oder woanders hinkommen – aber er fürchtet sich, seinen hohen Gedankenflug zu unterbrechen. Gerade erst hat er sie vor der Sozsiedlung bewahrt, jetzt überschlägt er vermutlich die Prozente, denn von der Normerfüllung hängt die Verpflegung für die folgenden fünf Tage ab.

Das Gesicht des Brigadiers ist mit breiten Pokkennarben bedeckt. Er steht gegen den Wind – verzieht das Gesicht nicht, die Haut ist wie Eichenrinde.

Die Männer in der Kolonne schlagen die Arme gegeneinander, trampeln mit den Füßen. Gemeiner Wind! Sie hocken doch schon alle auf den Wachttürmen, die sechs Kakadus, und trotzdem dürfen die Häftlinge immer noch nicht in die Zone. Übertriebene Wachsamkeit.

Na endlich! Der Mannschaftsführer und der Kontrollposten kamen aus der Wache, stellten sich zu beiden Seiten des Tores auf, und das Tor wurde geöffnet.

„In Fünferreihen antreten! Eins! Zwei!"

Die Sträflinge marschierten wie bei einer Parade. Nichts wie rein, und dort braucht uns niemand zu belehren, was wir zu tun haben.

Gleich hinter der Wache ist das Kontor, vor dem Kontor steht der Bauführer und winkt die Brigadiere herbei, die sich ohnehin an ihn wenden. Auch der Häftling Derr, ein Vorarbeiter, geht zu ihm hin, ein gemeiner Lump, hetzt seinesgleichen schlimmer als ein Wachhund. Acht Uhr, fünf nach acht (eben hat der Werkszug gepfiffen), die Vorgesetzten haben nur die eine Sorge, die Häftlinge könnten Zeit vertrödeln, sich in die Wärmeräume verziehen, denn die Sträflinge haben einen langen Tag vor sich und lassen sich Zeit. Wer die Bauzone betritt, bückt sich oft: hier ein Span, dort ein Span, Feuer für unseren Ofen. Und dann verschwinden sie in ihren Schlupflöchern. Tjurin befahl seinem Gehilfen Pawlo, mit ins Kontor zu kommen. Auch Caesar schlug diese Richtung ein. Caesar ist reich, zwei Pakete im Monat, wenn nötig, steckt er jemandem etwas zu – er drückt sich im warmen Kontor herum, als Gehilfe des Normberechners.

Die anderen von der Hundertvierten verschwinden sofort.

Dunstig rot ging die Sonne über der öden Bauzone auf: Hier unterm Schnee liegen dic Platten für die Fertighäuser, dort ist ein Stück Mauerwerk und ein Fundament zu erkennen, ein zerbrochener Baggerausleger liegt herum, ein Kübel, Eisengerümpel, irgendwo ist ein Graben ausgehoben, sind Gruben ausgebaggert, das Autoreparaturwerk ist bis zum Dach hochgeführt, und auf dem Hügel steht das Kraftwerk, dessen Obergeschoß noch im Bau ist.

Alle haben sich verkrochen. Nur die sechs Posten stehen auf ihren Wachttürmen, und rings um das Kontor ist Hochbetrieb. Dieser Augenblick gehört den Häftlingen! Der oberste Bauleiter hat angeblich schon zigmal gedroht, die Arbeitsbefehle für die Brigaden bereits abends auszugeben, aber das passiert nie. Weil sie's sich vom Abend bis zum Morgen immer anders überlegen.

Dieser Augenblick gehört uns! Bis die Vorgesetzten alles geklärt haben, muß man sich ein möglichst warmes Eckchen suchen, sich still hinsetzen, abschinden kann man sich noch lange genug. Gut, wenn man einen Platz am Ofen findet – man kann die Fußlappen neu wickeln und sich aufwärmen. Das hält die Füße eine Zeitlang warm. Aber selbst ohne Ofen tut die Ruhe gut.

Die hundertvierte Brigade hat sich in die große Halle der Autoreparaturwerkstatt gesetzt, die schon im Herbst verglast worden ist und wo die achtunddreißigste Brigade Betonplatten gießt. Ein Teil der Platten liegt noch in den Schalungen, andere stehen hochkant, daneben liegen die Armierungen. Die Halle ist sehr hoch, der Boden aus festgestampfter Erde, der Raum läßt sich nicht gut heizen, trotzdem sparen sie hier nicht mit Kohlen: nicht damit die Männer sich hier wärmen können, sondern damit der Beton schneller abbindet. Sogar ein Thermometer hängt hier, und an den Sonntagen, an denen die Häftlinge nicht zur Arbeit ausrücken, muß ein „Freier" hier heizen.

Die Achtunddreißigste läßt natürlich niemand an den Ofen heran, die Brigade sitzt im Kreis um das Feuer, trocknet die Fußlappen. Na schön, bleiben wir hier in der Ecke, macht nichts.

Mit dem Hinterteil seiner abgewetzten Wattehose machte es sich Schuchow auf dem Rand einer Verschalung bequem, mit dem Rücken lehnte er sich an die Wand. Als er sich zurücklehnte, spannten sich Wattejacke und Weste, und auf der linken Seite, nahe dem Herzen, spürte er den Druck von etwas Hartem. Es war eine Kante von dem Stück Brot, das er in der inneren Brusttasche aufbewahrte, seine halbe Frühstücksration, die er sich zum Mittagessen mitgenommen hatte. Er nahm immer ein Stück zur Arbeit mit und rührte es bis Mittag nicht an. Die andere Hälfte aß er sonst immer zum Frühstück, heute hatte er noch kein Brot gegessen. Schuchow merkte, daß er gar nichts gespart hatte: Es verlangte ihn so heftig danach, das Brot jetzt im Warmen zu essen. Bis zum Mittag waren es noch fünf lange Stunden.

Der ziehende Schmerz war jetzt vom Rücken in die Beine gewandert, sie waren ganz schlapp. Ach, wenn er doch am Ofen sitzen könnte! Schuchow legte die Fausthandschuhe auf die Knie, knöpfte sich die Jacke auf, band den vereisten Gesichtsschutz vom Hals los, knickte den Lappen ein paarmal zusammen und steckte ihn in die Tasche. Dann zog er das eingewickelte Brot aus der Brusttasche, und während er den weißen Lappen darunterhielt, damit kein Krümelchen verlorengehe, biß er winzige Stücke ab und zerkaute sie langsam. Das Brot hatte er unter zwei Kleidungsstücken getragen, es mit seinem Körper gewärmt – deshalb war es kein bißchen gefroren.

Im Lager dachte Schuchow oft daran, wie man früher im Dorf gegessen hatte: Kartoffeln – ganze Pfannen voll, Grütze – ganze Töpfe voll, und noch früher: Fleisch – Riesenstücke. Und Milch hatten sie gesoffen, bis ihnen fast der Bauch platzte. Im Lager hatte Schuchow gelernt, daß es nicht auf die Mengen ankam. Die Gedanken müssen ganz beim Essen sein – wenn er jetzt die winzigen Stücke abbeißt, sie mit der Zunge zerdrückt, sie aussaugt –, wie gut schmeckt das feuchte Schwarzbrot dann. Das Schuchow nun schon acht Jahre ißt, ein neuntes noch? Macht nichts. Widert's ihn nicht an? Hoho!

Schuchow war mit den zweihundert Gramm beschäftigt, und in seiner Nähe hatte sich die ganze Hundertvierte niedergelassen.

Zwei Esten, die wie Brüder aussahen, saßen auf einer niedrigen Betonplatte und rauchten abwechselnd eine halbe Zigarette aus einer Spitze. Beide waren hellblond, hochgewachsen und hager, beide hatten lange Nasen und große Augen. Sie waren immer zusammen, als könnte einer ohne den anderen nicht atmen. Selbst der Brigadier trennte sie nie voneinander. Sie teilten ihr Essen und schliefen nebeneinander auf den oberen Pritschen. Wenn sie in der Kolonne standen, auf den Ausmarsch warteten oder abends schlafen gingen – immer sprachen sie miteinander leise und ohne Hast. Und doch waren sie keine Brüder, sie hatten sich erst hier, in der Hundertvierten, kennengelernt. Der eine, hieß es, war ein Fischer von der Küste, den andern hatten die Eltern als kleinen Jungen zu Beginn der Sowjetmacht nach Schweden mitgenommen. Als Erwachsener kehrte er aus eigenem Entschluß nach Estland zurück, um dort sein Studium zu beenden.

Man sagt zwar, Nationalität bedeute nichts, in jedem Volk gebe es schlechte Menschen. Aber wie viele Esten Schuchow auch kennengelernt hatte, schlechte waren ihm nie begegnet.

Die Häftlinge saßen noch immer herum, auf Platten, Gußformen oder einfach auf der Erde. Frühmorgens war keiner zum Sprechen aufgelegt, jeder hing seinen Gedanken nach und schwieg. Fetjukow, dieser Schakal, hatte irgendwo Zigarettenstummel aufgesammelt (er ekelte sich nicht einmal davor, sie aus dem Spucknapf herauszuholen), zupfte sie auf den Knien auseinander und schüttete den Rest brauchbaren Tabaks auf ein Papier. Fetjukow hatte drei Kinder, aber als er eingelocht wurde, sagten sich alle von ihm los, und seine Frau heiratete wieder: Er hatte also niemand, der ihn unterstützte.

Buinowski schielte lange zu Fetjukow hinüber, dann schnauzte er ihn an:

„Na, hast du genug Dreck zusammen? Hol dir

nur die Syphilis! Schmeiß das verdammte Zeug weg!"

Der Kapitän war es gewohnt, Befehle zu geben, deshalb sprach er mit allen Leuten im Befehlston.

Aber Fetjukow war in keiner Weise auf Buinowski angewiesen – der Kapitän erhielt keine Pakete. Seinen fast zahnlosen Mund zu einem hämischen Grinsen verziehend, sagte er:

„Wart nur, Kapitän, wenn du erst mal acht Jahre gesessen hast, dann sammelst auch du Kippen. Es sind schon ganz andere Leute als du ins Lager gekommen . . ."

Fetjukow schloß von sich auf andere, aber der Kapitän hatte vielleicht genug Widerstandskraft . . .

„Was-was?" Der schwerhörige Senka Klewschin hatte nicht alles verstanden. Er dachte, das Gespräch drehe sich darum, wie Buinowski heute früh beim Ausmarsch reingerasselt war. „Du hättest nicht so aus der Haut fahren dürfen!" Er schüttelte bekümmert den Kopf: „Dann wäre alles gutgegangen."

Senka Klewschin war ein Pechvogel. Ein Trommelfell war ihm geplatzt, schon im Jahr einundvierzig. Dann geriet er in Gefangenschaft, türmte, wurde geschnappt, kam nach Buchenwald. In Buchenwald entging er wie durch ein Wunder dem Tod, und jetzt saß er ohne zu murren seine Zeit ab. Wer aus der Haut fährt, meint er, der ist verloren.

Das stimmt, stöhne und beuge dich. Wenn du dich widersetzt, zerbrichst du.

Alexej hat das Gesicht in die Hände vergraben, er schweigt, betet.

Schuchow hatte sein Stück Brot fast ganz gegessen, nur von der Kruste, der halbrunden oberen Kruste, hatte er etwas übriggelassen. Weil man mit keinem anderen Löffel die Schüssel so sauber leer essen kann wie mit Brot. Er wickelte die Kruste sorgfältig in den weißen Lappen, fürs Mittagessen, steckte ihn in die Tasche unter der Weste, knöpfte die Jacke wegen der Kälte zu und war bereit; jetzt konnten sie ihn zur Arbeit schikken. Wenn sie noch eine Weile warteten, dann um so besser.

Die achtunddreißigste Brigade stand auf, die Männer verteilten sich: Die einen gingen an die Betonmischmaschine, die anderen Wasser holen, wieder andere zu den Stahlgeflechten.

Weder Tjurin noch sein Gehilfe Pawlo ließen sich bei der Brigade sehen. Obwohl die hundertvierte Brigade nur knapp zwanzig Minuten dagesessen hatte und ihr winterlicher, verkürzter Arbeitstag bis sechs Uhr dauerte, empfanden alle, daß sie großes Glück hatten, und der Tag kam ihnen nicht mehr so lang vor.

„Es gibt überhaupt keinen Schneesturm mehr!" seufzte der wohlgenährte, rotbackige Kilgas, „den ganzen Winter nicht ein einziger Schneesturm! Das ist doch kein Winter!"

„Ja ... Schneestürme ... Schneestürme", seufzten alle der Reihe nach. Wenn in dieser Gegend der Schneesturm tobt, fällt nicht nur die Arbeit aus, die Männer dürfen nicht einmal aus der Baracke heraus: Wenn von der Baracke bis zur Kantine kein Seil gespannt wird, verirrt man sich. Wenn ein Häftling im Schnee erfriert, dann sollen ihn die Hunde fressen. Aber wenn er versucht zu fliehen! Das ist öfter vorgekommen. Bei einem solchen Sturm ist der Schnee pulverfein, die Schneewehen sind steinhart. Einmal sind Häftlinge über eine Schneewehe entkommen, die quer über den Stacheldraht führte. Sie kamen allerdings nicht weit.

Wenn man es sich genau überlegt, haben die Häftlinge gar nichts vom Schneesturm: Sie sitzen hinter Schloß und Riegel; die Kohlen kommen nicht rechtzeitig, die ganze Wärme wird aus der Baracke hinausgeblasen; die Mehllieferungen für das Lager verzögern sich – es gibt kein Brot; in der Küche fehlt es an allem. Und wie lange der Schneesturm auch anhält – drei Tage oder eine Woche –, die Tage werden als Feiertage gezählt, und ebenso viele Sonntage hintereinander müssen die Häftlinge zur Arbeit.

Trotzdem wünschen sie den Schneesturm sehnlich herbei. Kaum weht ein scharfer Wind, starren alle zum Himmel: ein bißchen Stoff! Nur ein bißchen Stoff!

Schnee, bedeutet das.

Denn aus einem Wind, der flach über die Erde pfeift, entsteht niemals ein richtiger Schneesturm.

Einer versuchte, sich an den Ofen der achtunddreißigsten Brigade heranzumachen, er wurde weggescheucht.

Da kam Tjurin in die Halle. Er sah finster aus. Seine Leute begriffen sofort: Jetzt mußten sie an die Arbeit, und zwar schnell.

„So-o", Tjurin blickte sich um, „die ganze Hundertvierte hier?"

Ohne sie zu kontrollieren oder nachzuzählen, denn aus seiner Brigade machte sich nie jemand davon, erteilte Tjurin schnell seine Anweisungen. Die beiden Esten, Klewschin und Goptschik schickte er fort, eine große Mörtelpfanne holen und ins Kraftwerk tragen. Damit war klar, daß die Brigade am halbfertigen Kraftwerk arbeiten sollte, das seit dem Spätherbst verlassen dastand. Zwei Männer schickte er zur Werkzeugausgabe, wo Pawlo bereits die Werkzeuge in Empfang nahm. Vier sollten vor dem Kraftwerk, am Eingang in die Maschinenhalle, in der Maschinenhalle und auf den Leitern Schnee fegen. Zwei Mann sollten in der Halle den Ofen mit Kohle heizen, Bretter organisieren und zerhacken. Einer sollte mit dem Schlitten Zement dorthin transportieren. Zwei – Wasser tragen, zwei andere – Sand, einer – den gefrorenen Sand vom Schnee freiräumen und ihn mit dem Brecheisen kleinschlagen.

Schließlich hatten nur Schuchow und Kilgas – die besten Arbeiter der Brigade – noch nichts zu tun. Der Brigadier rief sie zu sich und sagte:

„Also, Jungs!“ (Er war nicht älter als sie, aber er redete alle so an.) „Nach der Mittagspause werdet ihr mit Blocksteinen im ersten Stock die Wände hochziehen, da, wo die sechste Brigade im Herbst aufgehört hat. Aber als erstes muß die Maschinenhalle geheizt werden. Sie hat drei große Fenster, die müssen wir irgendwie dicht machen. Ich gebe euch ein paar Mann mit, überlegt erst mal, womit wir die Fenster abdichten können. In der Maschinenhalle müssen wir Mörtel mischen und uns aufwärmen. Sonst erfrieren wir dort wie die Hunde, klar?“

Vielleicht wollte er noch mehr sagen, aber Goptschik, ein sechzehnjähriger Bursche, rosig wie ein Ferkel, kam angelaufen und beschwerte sich, daß die andere Brigade die Mörtelpfanne nicht abgeben wollte und sogar eine Schlägerei anfing. Tjurin stürzte sofort dorthin.

So schwer es auch war, den Arbeitstag bei schneidender Kälte zu beginnen, wenn man erst den Anfang hinter sich hatte, war alles in Ordnung.

Schuchow und Kilgas sahen sich an. Sie hatten schon oft zusammen gearbeitet und achteten einander als Zimmermann und Maurer. Es war nicht leicht, jetzt im Schnee etwas zu finden, womit man die Fenster abdichten konnte. Da sagte Kilgas:

„Wanja! Bei den Fertighäusern weiß ich eine Stelle – da liegt eine dicke Rolle Dachpappe. Ich selber habe sie dort versteckt. Also los!"

Kilgas ist Lette, aber Russisch spricht er wie seine Muttersprache – in der Nachbarschaft war ein Altgläubigen-Dorf, dort hatte er schon als Kind Russisch gelernt. Im Lager ist Kilgas erst seit zwei Jahren, aber das Wichtigste hat er schon begriffen: Hilf dir selbst, so hilft dir Gott. Kilgas heißt Johann, Schuchow nennt ihn auch Wanja.

Sie beschlossen, die Dachpappe herzuschaffen. Aber vorher lief Schuchow noch schnell in die halbfertige Autoreparaturwerkstatt, um sich seine Kelle zu holen. Die Maurerkelle ist ein herrliches Werkzeug, wenn sie gut in der Hand liegt und leicht ist. Aber auf jeder Baustelle galt die gleiche Anweisung: Morgens werden die Werkzeuge ausgegeben, abends wieder eingesammelt. Und was für ein Werkzeug man am nächsten Tag erwischt – ist reiner Zufall. Aber einmal gelang es Schuchow, bei der Abgabe zu schummeln und die beste Maurerkelle zu behalten. Jetzt versteckte er sie jeden Abend woanders und holte sie morgens heraus, wenn er sie brauchte. Natürlich, wenn sie die Hundertvierte heute in die Sozsiedlung geschickt hätten, wäre Schuchow wieder ohne Kelle. Er schob einen kleinen Stein beiseite, steckte die Finger in einen Spalt – und zog die Kelle heraus.

Schuchow und Kilgas verließen die Reparaturwerkstatt und gingen auf die Fertighäuser zu. Ihr Atem bildete dichte Dampfwolken. Die Sonne war schon aufgestiegen, aber ihr Licht war gedämpft wie durch einen Nebelschleier, zu beiden Seiten der Sonne schienen Pfähle zu stehen.

„Sind das Pfähle oder nicht?" sagte Schuchow.

„Das ist uns doch egal", winkte Kilgas ab und lachte, „nur wenn sie von einem Pfahl zum andern Stacheldraht ziehen, dann sieh dich vor."

Wenn Kilgas den Mund auftut, macht er einen Witz. Deshalb liebt ihn auch die ganze Brigade. Und erst die Letten im Lager, die verehren ihn geradezu! Na ja, Kilgas kann sich auch normal ernähren, jeden Monat zwei Pakete, er sieht so gesund aus, als wäre er nicht im Lager. Da ist gut scherzen.

Die Bauzone ist ganz schön groß, wenn man sie erst durchquert. Unterwegs trafen sie ein paar Mann aus der zweiundachtzigsten Brigade, die sollten wieder Gruben aufhacken. Keine besonders großen: fünfzig mal fünfzig und fünfzig tief, aber die Erde ist schon im Sommer hart wie Stein und jetzt auch noch gefroren, etwas zum Zähneausbeißen. Die Männer bearbeiten sie mit der Spitzhacke – die Hacke rutscht ab, Funken stieben, alles umsonst. Jeder steht auf seinem Viereck, sieht sich um – ringsherum nichts zum Aufwärmen, den Arbeitsplatz dürfen sie nicht verlassen – also weiterhacken. Dabei wird einem wenigstens warm.

Schuchow entdeckte unter ihnen einen Bekannten aus Wjatka und gab ihm den Rat:

„Hört mal, macht doch ein Feuer über jedem Loch, dann taut die Erde auf."

„Ist nicht erlaubt", sagte der aus Wjatka seufzend, „wir bekommen auch kein Holz."

„Sucht euch doch welches."

Kilgas spuckte nur aus.

„Sag mal, Wanja, wenn die Lagerleitung Verstand hätte – würde sie ihre Leute dazu anstellen, bei dem Frost den Boden mit Spitzhacken zu bearbeiten?"

Kilgas stieß noch ein paar unverständliche Flüche aus und verstummte, die Kälte macht nicht gesprächig. Sie gingen weiter, bis sie schließlich zu dem Platz kamen, wo die Platten für die Fertighäuser unter dem Schnee lagen.

Schuchow arbeitet gern mit Kilgas zusammen, Kilgas hat nur einen Fehler – er raucht nicht, und deshalb bekommt er niemals Tabak geschickt.

Wirklich, Kilgas hat ein gutes Gedächtnis: Sie hoben ein Brett hoch, noch eins – darunter lag die Rolle Dachpappe.

Sie zogen sie heraus. Was nun? Wie sollen sie sie tragen? Von den Wachttürmen aus kann man sie sehen – aber das ist gleichgültig: Die „Kakadus" haben nur eine Sorge, daß die Häftlinge nicht fliehen. In der Bauzone können sie ruhig Platten zu Kleinholz machen. Wenn der Lageraufseher ihnen über den Weg läuft, passiert auch nichts: Der hat selber einen Blick für alles, was er gebrauchen kann. Den „Arbeitern" sind die Fertighäuser sowieso egal. Den Brigadieren auch. Nur der Bauführer, ein Freier, und der Vorarbeiter, selbst ein Häftling, und der schlaksige Schkuropatenko interessieren sich dafür. Und wer ist dieser Schkuropatenko? Ein Häftling! Seine ganze Arbeit besteht darin, die Fertighäuser vor den Sträflingen zu bewachen, damit sie nichts wegschleppen. Dieser Schkuropatenko könnte sie als einziger in dem offenen Gelände erwischen.

„Weißt du was, Wanja, wir dürfen sie nicht waagerecht tragen", überlegte Schuchow, „wir nehmen sie hochkant zwischen uns und gehen ganz gemütlich, verdecken sie von beiden Seiten. Von weitem kann er sie nicht erkennen."

Das war eine gute Idee von Schuchow. Die Rolle ließ sich schlecht halten, also klemmten sie sie zwischen sich ein, wie einen dritten Mann – und gingen los. Von der Seite sah es aus, als ob zwei Männer dicht nebeneinanderher gingen.

„Aber wenn der Bauführer die Dachpappe an den Fenstern sieht, weiß er doch Bescheid", meinte Schuchow.

„Was geht uns das an?" fragte Kilgas verwundert. „Als wir ins Kraftwerk kamen, war sie schon da. Sollten wir sie etwa abreißen?"

Da hatte er recht.

Die Finger in den dünnen Handschuhen sind steif geworden, man spürt sie überhaupt nicht mehr. Aber der linke Filzstiefel hält. Die Stiefel sind die Hauptsache. Die Hände werden bei der Arbeit wieder warm.

Sie gingen durch den unberührten Schnee und stießen dann auf eine Schlittenspur, die von der Werkzeugausgabe zum Kraftwerk führte. Anscheinend hatten die andern schon Zement geholt.

Das Kraftwerk steht auf einem Hügel, dahinter hört die Bauzone auf. Wochenlang ist niemand hier gewesen, alle Zugangswege sind mit einer gleichmäßigen Schneeschicht bedeckt. Um so deutlicher zeichnen sich die Schlittenspur und der frischgetretene Pfad mit den tiefen Fußspuren ab – hier sind die anderen aus der Brigade entlanggegangen. Sie räumen bereits mit Holzschaufeln den Schnee vor dem Kraftwerk weg und machen die Zufahrt für die Lastwagen frei.

Schön wär's, wenn der Aufzug im Kraftwerk funktionierte. Aber im Motor ist etwas durchgeschmort und anscheinend noch nicht repariert worden. Also müssen sie alles selbst ins erste Stockwerk hinaufschleppen. Den Mörtel. Die Blocksteine.

Zwei Monate hat das Kraftwerk wie ein graues Skelett verlassen im Schnee gestanden. Aber jetzt ist die Hundertvierte gekommen. Und womit halten diese Männer Leib und Seele zusammen? – um den leeren Bauch haben sie einen Segeltuchgürtel geschlungen; beißende Kälte; kein Wärmeraum, kein Fünkchen Feuer. Aber die Hundertvierte ist jetzt hier, und das Leben fängt wieder an.

Vor dem Eingang in die Maschinenhalle ist die Mörtelpfanne in ihre Bestandteile zerfallen. Sie war schon ziemlich morsch, Schuchow hatte nicht erwartet, daß sie noch heil ankommen würde. Der Brigadier stößt ordnungshalber ein paar kräftige Flüche aus, aber er sieht, daß niemand daran schuld ist. Da kommen Kilgas und Schuchow, tragen die Dachpappe zwischen sich. Der Brigadier freut sich und ändert sofort den Arbeitsplan: Schuchow soll das Ofenrohr instand setzen, damit schnell geheizt werden kann, Kilgas die Mörtelpfanne reparieren, die beiden Esten können ihm dabei helfen, und Senka Klewschin bekommt die Axt in die Hand gedrückt, er soll Latten zurechthauen, auf die man die Dachpappe nageln kann, denn sie ist nur halb so breit wie das Fenster. Woher aber die Latten nehmen? Der Bauführer würde ihnen keine Genehmigung ausschreiben, wenn er erführe, daß sie die Bretter für einen Wärmeraum brauchten. Der Brigadier sieht sich im Raum um, alle sehen sich um; es gibt nur einen Ausweg: die beiden Bretter losschlagen, die als Geländer an den Leitern zum Obergeschoß angebracht sind. Nur darf man dann nicht schlafen, wenn man raufsteigt, sonst fällt man hinunter. Was anderes bleibt gar nicht übrig.

Wozu eigentlich soll sich ein Häftling zehn

Jahre lang im Lager abschuften? Ich will nicht und damit basta. Der Tag vergeht schon irgendwie, und die Nacht gehört mir.

Aber diese Rechnung geht nicht auf, weil's nämlich Brigaden gibt. Nicht solche Brigaden wie außerhalb des Lagers, wo Iwan Iwanytsch seinen Lohn erhält und Pjotr Petrowitsch den seinen. Im Lager gibt es Brigaden, damit nicht die Vorgesetzten die Häftlinge, sondern die Häftlinge sich gegenseitig antreiben. Hier heißt es: Entweder arbeiten alle zusätzlich, oder alle können krepieren. Du arbeitest nicht, du Schwein, und ich soll deinetwegen hungern? Los, pack an, du Sauhund!

Und in einem Augenblick wie jetzt, wo es ums Ganze geht, sitzt erst recht keiner faul herum. Ob du willst oder nicht, spring und rühr dich, beweg dich. Wenn wir in zwei Stunden mit dem Wärmeraum nicht fertig sind, können wir uns alle begraben lassen.

Die Werkzeuge hat Pawlo schon gebracht, jetzt müssen sie noch aussortiert werden. Auch ein paar Ofenrohre. Klempnerwerkzeug ist zwar nicht dabei, aber ein kleiner Schlosserhammer und ein Beil. Es wird schon gehen. Schuchow schlägt die Hände in den Fausthandschuhen gegeneinander, setzt die Ofenrohre zusammen und klopft sie an den Fugen fest. Wieder schlägt er die Hände gegeneinander, wieder hämmert er drauflos. (Er hat seine Maurerkelle hier in der Nähe wieder versteckt. Auch wenn er alle in der Brigade gut kennt, irgendeiner könnte sie doch heimlich vertauschen. Sogar Kilgas.)

Alle Gedanken waren wie fortgeblasen. An nichts dachte Schuchow jetzt, um nichts anderes machte er sich Sorgen als um das Knie des Ofenrohrs, wie man es am besten zusammensetzt und zum Fenster hinausführt, damit es nicht qualmt. Er hatte Goptschik weggeschickt: Draht suchen, damit er das Rohr am Fenster über dem Ausgang befestigen konnte.

In der Ecke steht noch ein niedriger Ofen mit einem gemauerten Abzug. Er hat eine Eisenplatte, der Sand kann darauf tauen und trocknen. Dieser Ofen ist schon angeheizt, der Kapitän und Fetjukow bringen den Sand in Tragkästen herein. Um Sand zu schleppen, braucht man keinen Verstand. Deswegen stellt der Brigadier für diese Arbeit ehemalige Vorgesetzte an. Fetjukow war wohl mal ein leitender Angestellter gewesen, dem ein Wagen zur Verfügung gestanden hatte. In den ersten Tagen hatte Fetjukow versucht, den Kapitän anzubrüllen. Aber der Kapitän gab ihm einen Kinnhaken, dann vertrugen sich die beiden.

Die Männer drängten sich um den warmen Ofen mit dem Sand, aber der Brigadier drohte:

„He, ich werd euch gleich einheizen! Macht erst mal den Raum fertig!"

Einem geprügelten Hund braucht man nur die Peitsche zu zeigen. Der Frost ist unerbittlich, der Brigadier aber ist unerbittlicher. Die Männer gingen wieder an die Arbeit.

Schuchow hörte, wie der Brigadier leise zu Pawlo sagte:

„Du bleibst hier, halt sie zusammen. Ich muß jetzt gehen, die Prozente festlegen."

Von den Prozenten hängt mehr ab als von der Arbeit. Ein kluger Brigadier legt sich dafür ins Zeug. Davon leben wir. Wenn etwas nicht getan ist, beweise, daß es getan wurde; wenn für eine Arbeit wenig gezahlt wird, dann dreh und wende es so, daß du mehr dafür bekommst. Dazu muß der Brigadier Grips haben und mit den Normenberechnern gut stehen. Aber sie müssen auch geschmiert werden.

Und wenn man's sich richtig überlegt, wem kommen diese Prozente eigentlich zugute? Dem Lager. Das Lager holt auf diese Weise Tausende aus dem Bau heraus, und die Offiziere bekommen die Prämien. Auch dieser Wolkowoi mit seiner Peitsche. Und für unsereinen gibt es zweihundert Gramm Brot mehr zum Abendessen. Diese zweihundert Gramm bestimmen dein Leben.

Zwei Eimer Wasser wurden hereingetragen, unterwegs war es zu Eis gefroren. Pawlo sagte, es sei sinnlos, Wasser zu holen. Lieber den Schnee schmelzen lassen. Sie stellten die Eimer auf den Ofen. Goptschik brachte nagelneuen Aluminiumdraht. Für Stromleitungen. Er meldet:

„Iwan Denissytsch! Der Draht ist für Löffel. Zeigen Sie mir, wie man Löffel gießt?"

Iwan Denissytsch liebt Goptschik, diesen kleinen Gauner (sein eigener Sohn war als kleiner Junge gestorben, zu Hause hat er nur noch zwei erwachsene Töchter). Goptschik sitzt, weil er den Banderaleuten Milch in den Wald gebracht hat. Er bekam die gleiche Strafe wie ein Erwachsener. Er ist ein netter Junge, wie ein kleines Kalb, schmeichelt sich bei allen Männern ein. Aber er hat es faustdick hinter den Ohren: Seine Pakete frißt er heimlich allein auf und kaut manchmal auch nachts.

Für alle würde es ja doch nicht reichen.

Sie brachen ein Stück Draht für die Löffel ab und versteckten es in einer Ecke. Schuchow setzte zwei Bretter zu einer Art Leiter zusammen und ließ Goptschik hinaufklettern, um das Ofenrohr aufzuhängen. Goptschik kletterte flink wie ein Eichhörnchen die Sprossen hinauf, schlug einen Nagel ein, machte den Draht daran fest und führte ihn unter dem Rohr hindurch. Schuchow war inzwischen auch nicht faul, er machte noch ein Knie an den Abzug des Ofenrohrs. Heute ist es windstill, morgen vielleicht nicht – der Rauch soll ja nicht in den Raum ziehen. Denn dieser Ofen ist schließlich für sie selbst bestimmt!

Senka Klewschin hatte schon die Latten zurechtgeschlagen, Goptschik sollte sie annageln. Er klettert am Fenster hoch, dieser kleine Teufel, schreit herunter.

Die Sonne stand nun höher, glühte jetzt dunkelrot. Sie hatte den Dunst vertrieben, die Pfähle waren verschwunden. Sic hcizten den Ofen mit gestohlenem Holz an. So war es schon viel besser.

„Nur Ochsen wird's im Januar von der Sonne warm", sagte Schuchow.

Kilgas hatte die Mörtelpfanne zusammengenagelt, klopfte noch einmal mit dem Beil darauf und rief:

„Hör, Pawlo, für diese Arbeit kriege ich vom Brigadier hundert Rubel, billiger mache ich es nicht!"

Pawlo lacht:

„Hundert Gramm bekommst du."

„Den Rest tut der Staatsanwalt dazu!" schreit Goptschik von oben.

„Finger weg, Finger weg!" rief Schuchow plötzlich. Sie waren im Begriff, die Dachpappe falsch zu zerschneiden. Er zeigte ihnen, wie sie es machen mußten.

Die Männer hatten sich um den kleinen Ofen geschart, Pawlo jagte sie wieder weg. Er gab Kilgas einen Gehilfen und ließ sie Mörtelkästen machen – damit man den Mörtel nach oben tragen konnte. Zum Sandschleppen wurden noch zusätzlich zwei Mann eingesetzt. Andere schickte Pawlo nach oben, das Gerüst und die Mauer vom Schnee zu säubern. Und einer mußte in der Halle den trockenen Sand vom Ofen in die Mörtelpfanne schütten.

Draußen brummte ein Motor – die Blocksteine wurden gebracht, der Lastwagen bahnte sich mühsam einen Weg durch den Schnee. Pawlo rannte hinaus und fuchtelte mit den Armen, um ihnen zu zeigen, wo die Steine abgeladen werden sollten.

Sie nagelten einen Streifen Dachpappe fest, dann den zweiten. Was aber nützt die Dachpappe schon? Ist doch nur aus Papier. Und trotzdem wirkt sie wie eine feste Wand. Im Raum ist es dunkler als vorhin, deshalb leuchtet der Ofen jetzt heller.

Aljoschka hat Kohlen gebracht. Die einen rufen ihm zu: „Aufschütten!“ Die andern: „Wart noch! Uns genügt das Holzfeuer!“ Er hält inne, weiß nicht, auf wen er hören soll.

Fetjukow hatte es sich am Ofen bequem gemacht und streckte die Beine in den Filzstiefeln direkt bis zum Feuer aus, der Idiot. Der Kapitän packte ihn am Kragen und stieß ihn vor sich her zum Tragkasten:

„Sand holen, du Schweinehund!“

Für den Kapitän war die Lagerarbeit wie der Dienst bei der Marine: Befehl ist Befehl – also richte dich danach! Der Kapitän ist im vergangenen Monat stark abgemagert, aber er zieht den Karren noch.

Schließlich waren alle drei Fenster mit Dachpappe verkleidet. Nur durch die Türen kam noch Licht herein. Aber auch die Kälte. Da befahl Pawlo, den oberen Teil der Tür zu vernageln, den unteren nur so weit offen zu lassen, daß man mit gesenktem Kopf hindurch konnte.

Draußen waren inzwischen drei Wagenladungen Blocksteine angekommen. Jetzt hieß es, sie ohne Aufzug ins erste Stockwerk zu befördern!

„He, ihr Maurer! Wir gehen mal rauf!" rief Pawlo.

Ehrensache. Schuchow und Kilgas stiegen mit Pawlo hinauf. Die Leiter war ziemlich schmal, und nun hatte Senka auch noch das Geländer abmontiert – drück dich an die Wand, damit du nicht abstürzt. Außerdem war der Schnee an den Leitersprossen festgefroren, so daß die Füße keinen Halt fanden. Wie sollte man da den Mörtel hinaufschaffen? Sie sahen sich um, was noch zu mauern war, andere schaufelten schon die Wände frei. Hier also. Vom alten Mauerwerk mußten sie noch das Eis losschlagen und mit dem Besen abfegen.

Sie überlegten, von wo aus Blocksteine zugereicht werden sollten, und warfen einen Blick nach unten. Dann beschlossen sie: Statt die Steine die Leiter hinaufzuschleppen, werfen vier Mann sie aufs untere Gerüst, dort sollen zwei stehen und sie weiterreichen, und im Obergeschoß werden zwei Mann sie zu den Maurern tragen – so geht es am schnellsten.

Hier oben weht der Wind nicht besonders stark, aber es zieht. Beim Mauern geht das durch und durch. Wenn man hinter die halb hochgezogene Mauer tritt, hat man Schutz – ganz gut, da ist es erheblich wärmer.

Schuchow warf einen Blick gegen den Himmel und konnte es nicht fassen: Der Himmel war klar, die Sonne stand schon fast im Mittag. Wirklich seltsam: wie schnell die Zeit bei der Arbeit vergeht! Wie oft hatte Schuchow das schon festgestellt: Die einzelnen Tage im Lager vergehen im Nu. Aber die Haftzeit selber schien überhaupt nicht zu vergehen, sie wurde einfach nicht weniger.

Sie stiegen hinunter. Dort saßen alle schon am Ofen, nur der Kapitän und Fetjukow schleppten noch Sand. Da wurde Pawlo fuchsteufelswild, jagte acht Mann hinaus an die Steine, zwei mußten Zement in die Mörtelpfanne schütten und mit Sand mischen, einer mußte Wasser holen, ein anderer Kohlen. Und Kilgas sagte zu seiner Mannschaft:

„Na, Jungs, die Tragkästen sollten auch mal fertig werden."

„Kann ich vielleicht noch was helfen?" Schuchow bittet Pawlo um Arbeit.

„Kannst du", nickt Pawlo.

Sie brachten eine Tonne, um darin Schnee für den Mörtel aufzutauen. Irgendeiner sagte, es sei schon zwölf Uhr.

„Natürlich ist es zwölf", erklärte Schuchow, „die Sonne hat ihren höchsten Stand erreicht."

„Wenn sie ihren höchsten Stand erreicht hat", erwiderte der Kapitän, „ist es nicht zwölf, sondern eins."

„Wieso denn?" fragte Schuchow verblüfft. „Unsere Großväter wußten doch schon, daß die Sonne mittags am höchsten steht."

„Die Großväter wohl!" fiel ihm der Kapitän ins Wort. „Aber inzwischen ist eine Verordnung erlassen worden, und jetzt steht die Sonne um ein Uhr am höchsten."

„Wer hat diese Verordnung erlassen?"

„Die Sowjetmacht!"

Damit nahm der Kapitän seinen Tragkasten und ging hinaus, obgleich Schuchow ihm gar nicht mehr widersprochen hätte. Es ist doch nicht möglich, daß sich auch die Sonne nach ihren Erlassen richtet!

Sie klopften und hämmerten noch eine Weile, dann waren vier Tragkästen zusammengezimmert.

„Genug, jetzt können wir uns hinsetzen und uns aufwärmen", sagte Pawlo zu den beiden Maurern. „Senka, nach dem Essen mauern Sie auch mit. Setzen Sie sich her."

Jetzt war es ihr gutes Recht, sich um den Ofen zu setzen. Vor der Mittagspause lohnte es nicht mehr, mit dem Mauern anzufangen. Den Mörtel anzurühren hatte auch keinen Sinn, er würde gefrieren.

Dic Kohlenglut verbreitet eine gleichmäßige Wärme. Aber man spürte sie nur unmittelbar am Ofen, in der Halle bleibt es so kalt wie bisher. Sie ziehen die Fausthandschuhe aus, halten alle vier die Hände dicht an den Ofen.

Aber die Füße in den Schuhen dürfen nicht zu dicht ans Feuer kommen, das muß man erst lernen. Bei Stiefeln wird das Leder rissig, und Filzstiefel werden feucht, fangen an zu dampfen, ohne die Füße zu wärmen. Und wenn man sie noch näher ans Feuer hält, versengt man sie. Dann kann man bis zum Frühjahr mit einem Loch drin herumlaufen, neue gibt's nicht.

„Was macht denn Schuchow da?" hänselt Kilgas, „Schuchow ist mit einem Fuß schon zu Hause."

„Ja, mit dem nackten da", warf einer ein. Sie lachten laut. (Schuchow hatte seinen linken, angesengten Filzstiefel ausgezogen und wärmte die Fußlappen.)

„Schuchows Zeit ist bald um."

Kilgas hat fünfundzwanzig bekommen. In den Jahren davor hatten sie mehr Glück gehabt: Alle wurden über einen Kamm geschoren und zu zehn Jahren verknackt. Aber von neunundvierzig an bekamen sie ohne Unterschied fünfundzwanzig. Zehn konnte man noch aushalten, ohne abzukratzen – aber fünfundzwanzig?!

Schuchow findet es ganz angenehm, daß alle mit dem Finger auf ihn zeigen: Der hat's bald hinter sich – aber so ganz glaubt er selbst nicht daran. Denn alle, deren Haftzeit im Krieg schon abgelaufen war, wurden „zur besonderen Verwendung" bis sechsundvierzig festgehalten. Wer drei Jahre bekommen hatte, saß schließlich fünf Jahre länger. Das Gesetz ist dehnbar. Sind die zehn Jahre vorbei, heißt es vielleicht, sitzt noch mal zehn ab. Oder Verbannung.

Und dann wieder verschlägt's einem den Atem bei dem Gedanken: Die Zeit verstreicht wirklich, die Spule ist abgelaufen . . . Herrgott! Hier raus – und in die Freiheit?

Aber ein alter Lagerhase redet nicht laut darüber, das schickt sich nicht. Und Schuchow sagt zu Kilgas:

„Zähl deine fünfundzwanzig nicht. Ob du wirklich so lange sitzt oder nicht, das ist noch gar nicht heraus. Ich habe schon acht Jahre abgesessen!" So lebt man, mit dem Gesicht zur Erde, und hat keine Zeit darüber nachzudenken: Warum sitze ich eigentlich? Wie komme ich einmal hier heraus?

Offiziell saß Schuchow wegen Landesverrat. Er selbst hatte ausgesagt, daß es so war, er habe sich gefangennehmen lassen, um seine Heimat zu verraten, und er sei zurückgekehrt, um einen Auftrag des deutschen Geheimdienstes auszuführen. Was für einen Auftrag, das wußte weder Schuchow noch der Untersuchungsrichter. So blieb es einfach bei „einem Auftrag".

Schuchows Überlegungen waren einfach: Unterschreibst du nicht – Holzkiste, unterschreibst du – hast du vielleicht noch ein bißchen zu leben. Er unterschrieb.

In Wirklichkeit war es so gewesen: Im Februar zweiundvierzig war ihre Armee am Nordwestabschnitt eingeschlossen, und von den Flugzeugen warf man ihnen nichts zu fressen herunter, denn diese Flugzeuge existierten gar nicht. Es kam so weit, daß sie die Hufe der verendeten Pferde abschabten, das Horn in Wasser einweichten und aßen. Munition war auch keine mehr da. Und so jagten die Deutschen sie in kleinen Gruppen durch die Wälder und fingen sie schließlich. Mit solch einer Gruppe war Schuchow ein paar Tage in Gefangenschaft geraten, dann flohen sie zu fünft. Sie versteckten sich im Wald, krochen durch Sümpfe und kamen wie durch ein Wunder zu ihren Leuten zurück. Zwei von ihnen legte ein MP-Schütze sofort um, der dritte starb an seinen Verletzungen – zwei erreichten lebend die Stellung. Es wäre klüger gewesen zu sagen, sie seien durch die Wälder geirrt – und nichts wäre ihnen passiert. Aber sie sagten ehrlich: Wir sind aus deutscher Gefangenschaft ausgerissen. Aus Gefangenschaft? Ihr verfluchten Hurensöhne! Wenn sie zu fünft gewesen wären, hätte man vielleicht ihre Aussagen verglichen und ihnen geglaubt, aber zweien – ausgeschlossen: Diese Schweinehunde haben ihre Flucht miteinander abgesprochen!

Senka Klewschin hörte mit seinem fast tauben Ohr, daß von Flucht aus der Gefangenschaft gesprochen wurde, und sagte laut:

„Ich bin dreimal aus Gefangenschaft getürmt. Und dreimal haben sie mich erwischt.“ Senka, der Dulder, sagt nur noch selten ein Wort: Er kann die anderen nicht verstehen und beteiligt sich daher nicht am Gespräch. Daher wissen sie wenig von ihm, nur, daß er in Buchenwald saß und dort zu einer Untergrundorganisation gehörte und daß er Waffen für den Aufstand ins Lager schmuggelte. Und daß die Deutschen ihn mit auf den Rücken gebundenen Händen aufhängten und mit Stöcken prügelten.

„Wanja, du hast acht Jahre gesessen – aber in was für Lagern!“ widerspricht Kilgas. „Du hast in gewöhnlichen Lagern gesessen, dort habt ihr mit Weibern gelebt. Ihr mußtet keine Nummern tragen. Aber sitz mal acht Jahre im Sonderlager! Das hat noch keiner durchgehalten.“

„Mit Weibern! ... Mit Holzklötzen, nicht mit Weibern ...“

Schuchow starrte ins Feuer, er dachte an die sieben Jahre im Norden. Wie er mit dem Holzschlepper drei Jahre Kanthölzer und Schwellenholz transportiert hatte. Genauso ein Feuer machten sie während der Arbeitspausen beim Holzfällen, nur nicht tags, sondern nachts. Der Lagerkommandant dort hatte angeordnet: Die Brigade, die ihre Tagesnorm nicht erfüllt, bleibt bis in die Nacht im Wald.

Erst nach Mitternacht schleppten sie sich ins Lager zurück, morgens früh ging es wieder in den Wald.

„Nei-in, Brüder ... hier ist es ruhiger“, nuschelte er, „hier ist der Feierabend Gesetz. Ob man seine Norm erfüllt hat oder nicht – ab ins Lager. Und die garantierte Ration ist hier um hundert Gramm höher. Hier kann man leben. Sonderlager? – meinetwegen, stören dich vielleicht die Nummern? Sie zählen nicht, diese Nummern.“

„Leiser!“ zischt Fetjukow (es ist gleich Mittagspause, auch die anderen sind jetzt näher an den

Ofen gerückt). „Hier werden die Menschen in den Betten umgebracht! Leiser . . .!"

„Nicht Menschen, sondern Spitzel!" Pawlo hebt den Finger und droht Fetjukow.

Wirklich, so was gab's früher nicht. Zwei bekannte Spitzel waren nach dem Wecken auf ihren Pritschen erstochen gefunden worden. Und ein unschuldiger Arbeiter dazu – anscheinend hatten sie seinen Platz verwechselt. Ein Denunziant floh zur Lagerleitung, ins Lagergefängnis, und dort, in dem steinernen Gefängnis, versteckte man ihn. Sonderbar . . . So etwas kam in einem gewöhnlichen Lager nicht vor. Und früher auch hier nicht . . .

Plötzlich heulte die Sirene des Werkzugs. Nicht sofort mit voller Lautstärke, sondern zuerst ein wenig heiser, als räuspere er sich.

Mittag – runter! Essenspause!

Ach, sie kamen zu spät! Sie hätten schon lange in der Kantine anstehen müssen. Auf der Baustelle arbeiteten elf Brigaden, in der Kantine hatten höchstens zwei Platz.

Der Brigadier war immer noch nicht zurückgekommen. Pawlo blickte sich schnell um und beschloß:

„Schuchow und Goptschik kommen mit mir! Kilgas! Wenn ich Goptschik zu Ihnen schicke, führen Sie sofort die Brigade in die Kantine!"

Ihre Plätze am Ofen waren sofort wieder besetzt, die Männer drängten sich um das Öfchen wie um eine Frau – alle wollen es umarmen.

„Alle aufwachen!" rufen die Männer. „Jetzt wird geraucht!" Und einer sieht den andern an, wer wohl rauchen wird. Aber niemand hat etwas zum Rauchen. Entweder haben sie keinen Tabak, oder sie rücken ihn nicht heraus, wollen ihn nicht sehen lassen.

Schuchow und Pawlo gingen hinaus. Goptschik rannte wie ein junger Hase übermütig hinter ihnen her.

„Es ist etwas wärmer geworden“, stellte Schuchow sofort fest. „Ungefähr achtzehn Grad, nicht mehr. Gut zum Mauern.“

Sie sahen sich nach den Blocksteinen um – die Männer hatten schon eine Menge aufs Gerüst getragen und einen Teil auf das provisorische Dach ins Obergeschoß.

Auch der Sonne warf Schuchow mit zusammengekniffenen Augen einen prüfenden Blick zu – wegen der Verordnung, von der der Kapitän gesprochen hatte.

Im freien Gelände, wo der Wind ungehindert wehte, pfiff und zwickte er noch kräftig. Träum nicht, wir haben Januar.

Die Betriebsküche ist eine kleine Bruchbude, rund um den Ofen aus Brettern zusammengehauen und mit rostigem Blech verkleidet, um die Ritzen abzudichten. Drinnen ist die Bude durch eine provisorische Wand in Küche und Kantine geteilt. Dielenbretter gibt es in keinem der beiden Räume. Den Erdboden hat man gelassen, wie die Füße ihn festgestampft haben – mit Buckeln und Kuhlen. Die ganze Küche besteht aus dem quadratischen Ofen mit dem eingemauerten Kessel.

In dieser Küche regieren zwei Männer – der Koch und der Sanitätsinspektor.

Vor dem Ausmarsch aus dem Lager bekommt der Koch morgens in der großen Lagerküche die Graupen zugeteilt. Pro Kopf ungefähr fünfzig Gramm, pro Brigade ein Kilo, für die ganze Baustelle etwas weniger als ein Pud*. Der Koch trägt

* 1 Pud = etwa 33 Pfund.

den Sack mit Graupen natürlich nicht selbst drei Kilometer weit, dafür hat er seinen Kalfaktor. Warum auch sollte er sich abschleppen, lieber gibt er dem Kalfaktor eine Sonderportion auf Kosten der „Arbeiter“. Wasser und Brennholz holen, den Ofen anheizen – auch das tut der Koch nicht selbst, sondern „Arbeiter“ und Verrecker – auch für sie läßt er es nicht an einer Portion auf Kosten der anderen fehlen. Gegessen werden darf nur in der Kantine. Die Schüsseln müssen aus dem Lager mitgebracht werden: auf der Baustelle kann man sie nicht lassen, die „Freien“ würden sie nachts klauen, also werden fünfzig Schüsseln, und nicht eine mehr, hinaustransportiert, sie werden gleich hier abgewaschen und sofort wieder benutzt (auch der Schüsselträger bekommt einen Schlag extra). Damit niemand eine Schüssel aus der Kantine fortträgt – wird noch ein Kalfaktor zur Kontrolle an der Tür postiert. Aber der Mann mag noch so scharf aufpassen, immer wieder werden Schüsseln hinausgeschmuggelt – entweder man überredet ihn, oder man lenkt ihn ab. Also muß für die gesamte Baustelle noch ein Einsammler angestellt werden, der diese schmutzigen Schüsseln zusammensucht und wieder in die Küche bringt. Der bekommt auch seine Portion. Wie die anderen.

Der Koch selbst macht nur folgendes: Er schüttet Graupen und Salz in den Kessel und teilt das Fett ein – für den Kessel und für sich selber (gutes Fett bekommen die Arbeiter nicht zu sehen, das ranzige landet im Kessel. Also ist es den Häftlingen am liebsten, wenn ranziges Fett ausgegeben wird). Und dann rührt der Koch die Grütze um, wenn sie gar ist. Der Sanitätsinspektor aber tut überhaupt nichts, er sitzt da und schaut zu. Er bekommt die erste Portion von der Grütze: Da, schlag dir den Bauch nur voll. Und dann schlägt sich der Koch den Bauch voll. Und dann der diensthabende Brigadier – sie wechseln sich täglich ab. Er nimmt eine Kostprobe, angeblich um festzustellen, ob man diese Grütze den Arbeitern auch vorsetzen kann. Der diensthabende Brigadier bekommt auch einen doppelten Schlag.

Dann heult die Sirene. Die Brigadiere stellen sich in einer Reihe an, und der Koch gibt durch sein Schalterfenster die Schüsseln aus; in diesen Schüsseln ist der Boden immer mit Grütze bedeckt.

Wieviel von deiner Ration drin ist, weißt du nicht, du kannst's ja nicht nachwiegen. Wenn du das Maul aufmachst, dann wird's dir gründlich gestopft.

Über die kahle Steppe pfeift der Wind – trokken und heiß im Sommer, eiskalt im Winter. In dieser Steppe wächst nichts, erst recht nicht innerhalb des Stacheldrahtes. Brot wächst nur in der Brotausgabe, Hafer im Lebensmittelmagazin. Plag dich bei der Arbeit soviel du willst, kriech auf dem Bauch – diesem Boden zwingst du nichts Eßbares ab, mehr als der feine Kommandant dir zuteilt, kriegst du doch nicht. Und nicht einmal das kriegst du wegen diesen Köchen, diesem Kalfaktor und allen anderen Schmarotzern. Hier wird geklaut, im Lager wird geklaut, und vorher im Magazin wird auch schon geklaut. Und alle, die klauen, schuften niemals mit der Hacke in der Hand. Aber du – schufte ruhig und nimm, was man dir gibt. Und geht gefälligst vom Schalter weg.

Einer frißt den andern auf.

Pawlo betritt mit Goptschik und Schuchow die Kantine – dort stehen die Männer dichtgedrängt, und hinter den vielen Rücken sieht man weder die schmalen Tische noch die Bänke. Einige sitzen, die meisten essen stehend. Die zweiundachtzigste Brigade, die ohne Wärmepause einen halben Tag lang Gruben ausgehoben hat, ist als erste in die Kantine gekommen. Jetzt wird sie nicht hinausgehen, wenn sie mit dem Essen fertig ist – wo kann sie sich besser aufwärmen als hier? Die andern schimpfen auf die Brigade, aber die Männer hören nicht hin – immer noch angenehmer als die Kälte draußen.

Pawlo und Schuchow bahnen sich mit den Ellbogen einen Weg. Sie sind genau zur rechten Zeit gekommen: eine Brigade wird gerade abgefertigt, nur eine wartet noch, auch die Hilfsbrigadiere stehen am Schalter. Die andern werden also erst nach uns drankommen.

„Schüsseln! Schüsseln!" schreit der Koch aus seinem Fensterchen, eilfertig werden sie hingestellt, auch Schuchow sammelt Schüsseln ein und reicht sie durchs Fenster – nicht für einen Extraschlag Grütze, sondern damit es schneller geht.

Hinter der Trennwand spülen ein paar Helfer die Schüsseln ab – auch dafür eine Extraportion.

Jetzt nimmt der Hilfsbrigadier, der vor Pawlo steht, seine Portionen in Empfang. Pawlo schreit über die Köpfe der Wartenden hinweg:

„Goptschik!"

„Hier!" klingt es von der Tür her. Er hat ein dünnes Stimmchen, wie ein junger Ziegenbock.

„Hol die Brigade!"

Er rennt hinaus.

Hauptsache, die Grütze ist heute gut, Hafergrütze ist die beste. Die gibt es nicht oft. Meist kochen sie zweimal am Tag Fenchelhirse oder Mehlbrei. Aber der sämige Haferbrei sättigt besser, deshalb ist er so wertvoll. Wieviel Hafer hat Schuchow früher an die Pferde verfüttert und niemals gedacht, daß er einmal aus ganzer Seele nach einer Handvoll Hafer verlangen würde!

„Schüsseln! Schüsseln!" schreit der Koch aus dem Schalter.

Die Hundertvierte ist an der Reihe. Der Hilfsbrigadier vor ihnen hat seinen doppelten „Brigadier-Schlag" bekommen und trollt sich.

Diese Portion kriegt er auf Kosten der „Arbeiter", aber niemand protestiert. Jeder Brigadier bekommt die doppelte Portion, er kann sie ja seinem Helfer abtreten, wenn er sie nicht selbst ißt. Tjurin gibt sie an Pawlo ab.

Schuchows Arbeit sieht jetzt so aus: Er zwängt sich durch an einen Tisch, verjagt zwei Verrecker, bittet einen Arbeiter im guten, seinen Platz zu räumen, macht für etwa zwölf Schüsseln ein Stück vom Tisch frei, es reicht, wenn man sie dicht nebeneinander stellt; sechs stellt er drauf und obenauf noch zwei; dann muß er Pawlo die Schüsseln abnehmen, nachzählen und aufpassen, daß kein Fremder eine Schüssel vom Tisch klaut. Und daß niemand mit dem Ellbogen dranstößt und sie umkippt. Nebenan stehen sie von der Bank auf, neue kommen, essen. Man muß den ganzen Tisch im Auge behalten: daß jeder nur seine Portion ißt, sich nicht an eine von unsern heranmacht.

„Zwei! Vier! Sechs!" zählt der Koch hinter seinem Schalter. Er gibt immer zwei Schüsseln aus, in jeder Hand eine. Das ist einfacher für ihn, denn wenn man sie einzeln rausreicht, kann man sich leicht verzählen.

„Zwei, vier, sechs", wiederholt Pawlo am Schalter leise. Er reicht immer zwei Schüsseln an Schuchow weiter, und der stellt sie auf den Tisch. Schuchow wiederholt die Zahlen nicht laut, aber er zählt aufmerksamer als die beiden.

„Acht, zehn."

Wo bleibt Goptschik mit der Brigade?

„Zwölf, vierzehn ...", zählen sie weiter.

In der Küche sind die Schüsseln ausgegangen. An Pawlos Kopf und Schultern vorbei sieht Schuchow: Die Hände des Kochs haben zwei Schüsseln aufs Schalterbrett gestellt und halten sie zögernd fest. Vermutlich hat er sich gerade umgedreht und schimpft mit den Geschirrspülern. Da wird wieder ein Stapel leerer Schüsseln durchs Fensterchen gereicht. Er nimmt die Hände von den beiden Schüsseln und gibt den Stapel nach hinten weiter.

Schuchow läßt seinen Berg Schüsseln auf dem Tisch stehen, schwingt ein Bein über die Bank, greift nach den zwei Schüsseln und wiederholt, nicht zum Koch, sondern zu Pawlo, mit leiser Stimme:

„Vierzehn."

„Halt! Wohin damit?" brüllt der Koch ihm nach.

„Das sind unsere, unsere!" bestätigt Pawlo.

„Eure, eure! Bring meine Rechnung nicht durcheinander!"

„Vierzehn", Pawlo zuckt die Achseln. Er selbst würde niemals eine Portion schnorren, als Hilfsbrigadier muß er seine Autorität wahren. Aber er wiederholt, was Schuchow gesagt hat, denn notfalls kann er alles auf ihn abwälzen.

„Ich hab doch schon ‚vierzehn' gesagt!" tobt der Koch.

„Wennschon! Aber du hast sie nicht ausgegeben, du hast sie zurückgehalten!" schreit Schuchow. „Komm her, zähl nach, wenn du's nicht glaubst. Da stehen sie alle auf dem Tisch!"

Während Schuchow auf den Koch einschreit, entdeckt er im Gedränge die beiden Esten, die sich zu ihm durchzwängen, und er reicht ihnen kurzerhand die Schüsseln hinüber. Dann geht er schnell an den Tisch zurück, vergewissert sich, daß alles an seinem Platz steht, und die Nachbarn nichts abgestaubt haben, obwohl das ein leichtes gewesen wäre. Im Schalter erscheint die rote Visage des Kochs in voller Größe. „Wo sind die Schüsseln?" fragt er streng.

„Hier, bitte sehr!" schreit Schuchow. „Beweg dich mal ein bißchen weiter, alter Freund, steh nicht rum!" Er stößt ihn an. „Hier, zwei!" Er nimmt zwei Schüsseln vom Stapel, hält sie hoch. „Und da sind drei Viererreihen, stimmt genau, zähl nach."

„Ist deine Brigade schon da?" Der Koch guckt mißtrauisch zum Schalterfenster heraus, das deshalb so schmal ist, damit man aus dem Eßraum nicht zu ihm hineinschauen und sehen kann, wieviel er im Kessel zurückbehält.

„Nein, noch nicht." Pawlo schüttelt den Kopf.

„Zum Kuckuck, warum nehmt ihr dann anderen die Schüsseln weg?" zetert der Koch.

„Da, da ist die Brigade!" schreit Schuchow.

Und alle hören den Kapitän an der Tür schreien, wie von einer Kommandobrücke herab: „Was soll das Gedränge? Wer gegessen hat – raus! Den anderen Platz machen!"

Der Koch brummte noch etwas vor sich hin, zog den Kopf zurück, und wieder erschienen seine Hände im Schalterfenster.

„Sechzehn, achtzehn . . ."

Und als er die letzte Schüssel mit dem doppelten Schlag gefüllt hatte:

„Dreiundzwanzig. Schluß! Die nächste!"

Die Männer drängten sich durch die Menge, Pawlo gab ihnen die Schüsseln, über die Köpfe der Sitzenden hinweg, auf den zweiten Tisch.

Im Sommer hatten fünf Mann auf einer Bank Platz, aber mit ihrer dicken Kleidung paßten sie kaum zu viert hin und konnten nur schlecht mit ihren Löffeln hantieren.

Schuchow rechnete damit, daß er wenigstens eine von den geschnorrten Portionen bekäme, deswegen machte er sich schnell über seine eigene her. Er zog das rechte Knie an, holte aus dem Stiefelschaft den Löffel „Ust-Ischma 1944“ heraus, nahm die Mütze ab, klemmte sie unter den linken Arm und fuhr mit dem Löffel am Rand der Schüssel entlang.

Jetzt mußte man sich ganz aufs Essen konzentrieren: Die dünne Schicht Grütze vom Boden der Schüssel heraufholen, sie sorgsam in den Mund nehmen und mit der Zunge zerdrücken. Aber er mußte sich ja beeilen, damit Pawlo sah, wenn er fertig war und ihm die zweite Grütze anbieten konnte. Dieser Fetjukow, der zusammen mit den Esten hereingekommen war, hatte sofort gerochen, daß sie zwei Schläge organisiert hatten; er stellte sich vor Pawlo hin und aß im Stehen, während er die vier überzähligen Schüsseln der Brigade fixierte. Damit wollte er Pawlo zu verstehen geben, daß ihm mindestens eine halbe, wenn nicht eine ganze Portion zustünde.

Aber der dunkelhaarige junge Pawlo löffelte seelenruhig seine doppelte Portion, und seinem Gesicht war nichts anzumerken, ob er überhaupt sah, wer neben ihm stand, und ob er daran dachte, daß zwei Portionen übrig waren.

Schuchow hatte die Grütze aufgegessen. Weil er seinem Magen auf zwei Schlag Appetit gemacht hatte, wurde er nicht wie sonst, wenn es Hafergrütze gab, von einem satt. Schuchow griff in die Brusttasche, wickelte die noch nicht gefrorene, halbrunde Brotkruste aus dem weißen

Läppchen und begann, alle Reste des dünnen Haferbreis vom Boden und vom ausladenden Rand der Schüssel sorgfältig damit auszuwischen. Als er genug zusammengekratzt hatte, leckte er die Grütze von der Brotrinde und wischte noch einmal die Schüssel aus. Schließlich war sie so sauber wie gespült, nur nicht ganz so blank. Über die Schulter reichte er die Schüssel dem Einsammler hin und blieb noch einen Augenblick ohne Mütze sitzen.

Schuchow hatte die Portionen zwar organisiert, aber ihr Besitzer war der Hilfsbrigadier.

Pawlo ließ sie noch ein bißchen zappeln, bis er seine Schüssel leer hatte, aber er leckte sie nicht aus, er leckte nur den Löffel ab, steckte ihn weg, bekreuzigte sich. Und dann stieß er zwei der vier Schüsseln an – es war zu eng auf dem Tisch, sie weiterzuschieben –, als wolle er sie Schuchow geben.

„Iwan Denissowitsch. Eine ist für Sie, die andere geben Sie Caesar."

Da fiel Schuchow ein, daß Caesar sein Essen ins Kontor gebracht bekam (Caesar ließ sich nie dazu herab, in die Kantine zu gehen, weder hier auf der Baustelle noch im Lager) – aber vorher, als Pawlo beide Schüsseln zugleich anfaßte, blieb Schuchow fast das Herz stehen: Hatte Pawlo etwa vor, ihm beide zu geben? Dann schlug sein Herz wieder regelmäßig.

Sofort beugte er sich über seine rechtmäßige Beute und begann bedächtig zu essen, ohne zu fühlen, wie die Brigadiere, die nun hereinkamen, ihn von hinten anstießen. Er ärgerte sich nur darüber, daß Fetjukow vielleicht die Grütze bekommen würde. Anderen etwas abzuluchsen, das verstand Fetjukow meisterhaft, aber sich selber etwas zu organisieren, dazu fehlte ihm der Mut.

...Nicht weit von ihnen saß Kapitän Buinowski am Tisch. Er hatte die Grütze längst aufgegessen und wußte nichts von der überzähligen Portion, er achtete auch nicht darauf, wie viele Schüsseln noch beim Hilfsbrigadier standen. Er war einfach erschöpft, hatte sich hier aufgewärmt und besaß nicht mehr genug Kraft, in die Kälte hinaus oder in den schlecht geheizten Wärmeraum zu gehen. Er saß jetzt ebenso unrechtmäßig hier und nahm den nachkommenden Brigaden Platz weg wie diejenigen, die er vor wenigen Minuten mit metallharter Stimme vertrieben hatte. Er war noch nicht lange im Lager, hatte sich noch nicht an die Arbeit gewöhnt. Minuten wie diese waren (ohne daß er es wußte) besonders wichtig für ihn, sie verwandelten einen herrischen, stimmgewaltigen Marineoffizier in einen schwerfälligen, umsichtigen Häftling, der nur dank dieser Schwerfälligkeit fähig sein würde, die ihm aufgebrummten fünfundzwanzig Jahre Gefängnis zu überstehen.

...Die anderen schimpften schon über ihn und stießen ihn in den Rücken, damit er den Platz abgab.

Pawlo sagte:

„Kapitän! He, Kapitän!“

Buinowski zuckte zusammen, als habe er geschlafen, und sah sich um. Pawlo schob ihm die Grütze hin, ohne zu fragen, ob er sie überhaupt wolle. Buinowski zog die Brauen hoch, er starrte die Grütze an wie ein Wunder.

„Nehmen Sie, nehmen Sie“, sagte Pawlo beruhigend und ging mit der letzten Schüssel für den Brigadier hinaus.

...Ein schuldbewußtes Lächeln verzog die rissigen Lippen des Kapitäns, der rund um Europa und durch das Nördliche Eismeer gefahren war.

Glücklich beugte er sich über den knappen Schlag dünner, fettloser Hafergrütze – über Hafer und Wasser.

... Fetjukow sah zuerst Schuchow, dann den Kapitän wütend an und verließ die Kantine.

Schuchow fand es richtig, daß der Kapitän die Portion bekommen hatte. Eines Tages würde sich der Kapitän hier schon zurechtfinden, im Augenblick gelang es ihm noch nicht.

Heimlich hoffte Schuchow immer noch, auch Caesar werde ihm seine Grütze überlassen. Auch wenn es keinen Grund dafür gab, denn Caesar hatte schon seit zwei Wochen kein Paket mehr bekommen.

Nachdem Schuchow die zweite Schüssel mit der Brotrinde ebenso sauber ausgeputzt hatte wie die erste, aß er auch die Rinde auf. Dann nahm er Caesars kalt gewordene Grütze und ging.

„Ins Kontor“, sagte er zum Türsteher, der ihn mit der Schüssel nicht durchlassen wollte, und schob ihn beiseite.

Das Kontor war ein Blockhaus in der Nähe der Wache. Aus dem Schornstein stieg schon den ganzen Morgen Rauch auf. Es wurde vom Barackendienst geheizt, der gleichzeitig auch Botendienst machte, mit einer besonderen Arbeitsbescheinigung. Und an Abfallholz wurde fürs Kontor nicht gespart. Schuchow öffnete die knarrende Tür des Windfangs, dann eine zweite, die mit Werg abgedichtet war; in Schwaden von Frostluft betrat er den Raum und zog eilig die Tür hinter sich zu (eilig, damit er nicht angeschrien wurde: „He, du Trottel! Tür zu!“).

Im Büro herrschte eine Hitze wie in der Sauna. Durch die Fenster, an denen das Eis taute, schien die Sonne herein; sie war nicht mehr bösartig wie oben im Kraftwerk, sondern ganz freundlich.

In einem Sonnenstrahl löste sich der dichte Rauch aus Caesars Pfeife wie Weihrauch in der Kirche auf. Der Ofen glühte rot, so kräftig hatten sie ihn geheizt, diese Holzköpfe. Sogar die Ofenrohre glühten.

Wenn man sich in dieser Wärme einen Augenblick hinsetzte, schlief man sofort ein.

Das Kontor besteht aus zwei Räumen. Die Tür zum zweiten, zum Zimmer des Bauführers, ist ein wenig geöffnet, von dort hört man seine dröhnende Stimme:

„Wir haben Mehrausgaben bei den Löhnen und Mehrausgaben beim Baumaterial. Eure Häftlinge zerhacken die teuersten Bretter und sogar die Fertigplatten zu Kleinholz und verbrennen es in den Wärmeräumen, und ihr merkt überhaupt nichts. Und neulich haben die Häftlinge bei Sturm vor dem Magazin Zement abgeladen und in Tragkästen zehn Meter weit transportiert, das ganze Gelände rings um das Magazin war knöcheltief mit Zement bedeckt. Die ‚Arbeiter' sahen zum Schluß nicht mehr schwarz, sondern grau aus. Diese Verluste!"

Anscheinend hat der Bauführer gerade eine Besprechung. Vermutlich mit den Vorarbeitern.

In der Ecke neben dem Eingang sitzt der Stubendienst schläfrig auf einem Schemel. Schkuropatenko, B-219, lang und krumm, starrt aus dem Fenster, paßt auf, daß ihm seine Fertighäuser nicht geklaut werden. Seine Dachpappe ist er los, der Alte.

Zwei Buchhalter, ebenfalls Häftlinge, rösten Brot auf dem Ofen. Damit es nicht verbrennt, haben sie sich ein Drahtnetz gebastelt.

Caesar raucht seine Pfeife, hingelümmelt am Schreibtisch. Mit dem Rücken zu Schuchow, er kann ihn nicht sehen.

Ihm gegenüber sitzt H-123, in einem richtigen Verfahren zu zwanzig Jahren verurteilt, ein sehniger Alter. Er ißt Grütze.

„Nein, mein Lieber“, sagt Caesar nachgiebig, freundlich, „wenn man objektiv ist, muß man anerkennen, daß Eisenstein ein Genie ist. ‚Iwan der Schreckliche‘ – ist das etwa kein genialer Film? Der Tanz der maskierten Opritschniki! Die Szene in der Kathedrale!“

„Alles Faxen!“ erwidert H-123 empört, den Löffel vor dem Mund. „So viel Kunst, daß es schon keine Kunst mehr ist. Zuckerzeug statt tägliches Brot! Und dazu diese niederträchtige politische Idee – die Rechtfertigung der autokratischen Tyrannei. Die Verhöhnung dreier Generationen der russischen Intelligenz!“ (Seine Grütze ißt er ganz automatisch, so wird sie nicht anschlagen.)

„Aber welche andere Auffassung hätte man denn zugelassen . . .?“

„Ach, zugelassen?! Sagen Sie nicht, genial! Sagen Sie, daß er ein Speichellecker war, daß er sich wie ein Hund benommen hat. Ein Genie paßt seine Auffassung nicht dem Geschmack der Tyrannen an.“

Schuchow räusperte sich, er genierte sich, das gebildete Gespräch zu unterbrechen. Aber herumstehen und warten, das hatte auch keinen Sinn. Caesar drehte sich um und streckte die Hand nach der Schüssel aus, sah Schuchow nicht einmal an, als sei die Grütze durch die Luft herbeigeflogen, und fuhr fort:

„Aber hören Sie doch, der Kunst geht es nicht um das Was, sondern um das Wie.“

H-123 sprang auf und schlug mit der Handkante auf den Tisch, einmal und noch einmal:

„Nein, zum Teufel mit Ihrem ‚Wie‘, wenn es keine guten Gefühle in mir weckt!“

Nachdem Schuchow die Grütze abgegeben hatte, blieb er gerade so lange stehen, wie es sich gehörte. Er hoffte, Caesar werde ihm etwas zu rauchen anbieten, aber Caesar hatte vergessen, daß er noch hinter ihm stand.

Schuchow drehte sich um und ging leise hinaus.

Egal, es war nicht sehr kalt draußen. Man würde ganz gut mauern können.

Schuchow ging den Pfad entlang und entdeckte plötzlich im Schnee ein Stück von einer Stahlsäge, ein abgebrochenes Sägeblatt. Er hatte im Augenblick zwar keine Verwendung dafür, aber man konnte nicht im voraus wissen, wofür es sich gebrauchen ließ. Er hob es auf und steckte es in die Hosentasche, um es im Kraftwerk zu verstecken. Umsicht ist mehr wert als Reichtum.

Im Kraftwerk holte er sich zunächst die Maurerkelle und steckte sie in den Gürtel. Dann erst ging er in den Mörtelmischraum.

Wenn man aus der Sonne kam, wirkte der Raum noch dunkler als sonst, und es schien dort nicht wärmer zu sein als draußen. Nur feuchter.

Alle drängten sich um das runde Öfchen, das Schuchow gesetzt hatte, und um das andere, auf dem der dampfende Sand trocknete. Wer keinen Platz erwischt hatte, saß auf dem Rand der Mörtelpfanne. Der Brigadier saß dicht am Ofen und löffelte seine Grütze. Pawlo hatte sie ihm auf dem Ofen warm gestellt.

Die Männer reden eifrig durcheinander. Sie haben gute Laune. Iwan Denissytsch erzählen sie leise: Der Brigadier hat gute Prozente herausgeschlagen. Er ist vergnügt zurückgekommen.

Woher er die Arbeit genommen hat, und was für eine Arbeit das war – ging sie nichts an. Was haben sie heute vormittag denn getan? Nichts.

Das Ofenaufstellen wird nicht bezahlt, ebensowenig das Heizen des Wärmeraums: unproduktive Arbeit, die man nur für sich selber getan hat. Aber im Arbeitsbericht muß doch etwas stehen. Vielleicht hilft Caesar dem Brigadier beim Mogeln – der Brigadier behandelt ihn immer sehr höflich, bestimmt nicht ohne Grund.

„Gute Prozente herausgeschlagen" – das bedeutet für fünf Tage gute Rationen. Fünf, nehmen wir an, nicht fünf, sondern nur vier: bei fünf Tagen schindet die Lagerleitung gern einen als Nebenverdienst heraus und setzt das ganze Lager, sowohl die besten als auch die schlechtesten Arbeiter, auf die garantierte Norm. Es tut sozusagen niemand weh, alle bekommen die gleiche Ration, aber an unseren Bäuchen sparen sie es ein. Na schön, ein Häftlingsmagen hält alles aus: Heute schlagen wir uns schon irgendwie durch, morgen essen wir uns wieder satt. Mit dieser Wunschvorstellung gehen alle Häftlinge an dem Tag schlafen, an dem es die garantierte Norm gibt.

Wie soll man sich das zusammenreimen – fünf Tage arbeiten wir, und für vier Tage bekommen wir nur zu essen.

Die Brigade ist ruhig. Wer etwas hat, raucht schweigend. Sie haben sich im Dunkeln zusammengesetzt und schauen aufs Feuer. Wie eine große Familie. Die Brigade ist auch eine Familie. Sie hören zu, wie der Brigadier am Ofen zwei, dreien etwas erzählt. Er sagt niemals ein überflüssiges Wort, wenn er schon mal anfängt zu erzählen, dann ist er guter Laune.

Er hat's auch noch nicht gelernt, mit der Mütze auf dem Kopf zu essen, dieser Andrej Prokofjewitsch. Ohne Mütze wirkt sein Gesicht alt. Er ist kurz geschoren wie alle – im Feuerschein kann man sehen, wieviel graue Haare sich unter die dunklen mischen.

„. . . Ich hab doch schon vor dem Bataillonskommandeur gezittert, und da stand ich vor dem Regimentschef! ‚Rotarmist Tjurin zur Stelle . . .' Unter seinen zottligen Brauen hat er mich angestarrt: ‚Vorname, Vatersname?' Ich antworte. ‚Geboren?' Ich antworte. Damals, 1930, war ich zweiundzwanzig, ein Küken. ‚Na, was denkst du über deinen Dienst, Tjurin?' – ‚Ich diene dem werktätigen Volk!' Da braust er auf, mit beiden Händen – klatsch – auf den Tisch! ‚Du dienst dem werktätigen Volk, aber wer bist du denn, du Halunke?!' In mir kocht's . . . Aber ich reiße mich zusammen: ‚MG-Schütze eins. Ausgezeichnet im militärischen und politi . . .' – ‚Was heißt hier eins, du Schwein? Dein Vater ist ein Kulak! Da, eine Mitteilung aus Kamen! Dein Vater ist ein Kulak, und du bist heimlich verschwunden, zwei Jahre suchen sie dich schon!' Ich werd ganz blaß, stehe stumm da. Ein ganzes Jahr hatte ich nicht nach Hause geschrieben, damit sie mir nicht auf die Spur kamen. Ich wußte nicht, ob meine Leute noch lebten, und sie wußten nichts von mir. ‚Hast du denn kein Gewissen?' brüllt er, daß die Wände wackeln. ‚Die Arbeiter- und Bauernmacht hintergehen?' Ich dachte, gleich schlägt er zu. Aber er tat's nicht. Er unterschrieb einen Befehl – mich binnen sechs Stunden zum Teufel zu jagen . . . Draußen war November. Die Wintermontur haben sie mir vom Leib gerissen und mir gebrauchtes Sommerzeug gegeben, alte Socken, einen kurzen dünnen Mantel. Ich kam mir vor wie leergefickt, ich wußte nicht, daß ich die Sachen nicht hätte abzugeben brauchen. Zum Teufel mit dem ganzen Pack . . .! Und dann die vernichtende Bescheinigung in der Hand: ‚Als Sohn eines Kulaken aus der Armee entlassen.' Und mit so einer Bescheinigung sollte ich Arbeit finden!

Vier Tage und Nächte bin ich mit der Eisenbahn nach Hause gefahren – einen Freifahrtschein hatte ich nicht bekommen, Verpflegung nicht einmal für einen Tag. Das Mittagessen war meine letzte Mahlzeit, und dann jagten sie mich aus der Garnison.

... Achtunddreißig traf ich übrigens meinen ehemaligen Zugführer im Etappenlager von Kotlas, dem hatten sie auch zehn Jahre verpaßt. Er erzählte mir, daß der Regimentskommandeur und der Kommissar beide im Jahr siebenunddreißig erschossen wurden. Egal, ob sie Proletarier oder Kulaken waren. Ob sie ein Gewissen hatten oder nicht ... Ich bekreuzigte mich und sagte: ,Trotzdem gibt es dich noch, Schöpfer im Himmel. Lange hast du Geduld, aber hart schlägst du zu!'"

Nach zwei Schüsseln Hafergrütze hätte Schuchow sich für eine Zigarette umbringen lassen. Und da er sowieso bei dem Letten in Baracke sieben zwei Gläser Eigenbau kaufen wollte, sagte er leise zu dem einen Esten, dem Fischer:

„Hör mal, Eino, leih mir bis morgen Tabak für eine Zigarette. Du weißt, daß ich ehrlich bin."

Eino sah Schuchow gerade in die Augen, dann wandte er den Blick langsam seinem Freund zu. Sie teilten alles, keiner von beiden rauchte ein Krümelchen Tabak ohne den andern. Eine Weile flüsterten sie miteinander, dann zog Eino seinen Tabaksbeutel heraus, der mit hellroter Schnur verziert war. Aus dem Beutel nahm er eine Prise Tabak, legte sie Schuchow auf die Hand, maß mit einem Blick ab und legte noch ein paar Fädchen dazu. Es reichte genau für eine Zigarette.

Zeitungspapier besaß Schuchow selbst. Er riß

einen Fetzen ab, drehte sich eine Zigarette, hob ein Stück glühende Kohle auf, das dem Brigadier zwischen die Füße gerollt war, und zog, zog! Ein Schwindelgefühl ergriff ihn, in den Beinen und im Kopf war fast ein Gefühl, als wär er betrunken.

Kaum hatte er sich die Zigarette angezündet, da blitzten ihn von der anderen Seite des Raumes zwei grüne Augen an: Fetjukow. Er könnte ja großzügig sein, diesem Schakal einen Zug lassen, aber er hatte heute schon einmal geschnorrt, Schuchow hatte es gesehen. Lieber wollte er den Zigarettenstummel Senka Klewschin geben. Er hört nicht, was der Brigadier da erzählt, er sitzt vor dem Feuer, der arme Kerl, und hat den Kopf zur Seite geneigt.

Der Schein des Feuers fällt auf das pockennarbige Gesicht des Brigadiers. Er erzählt ohne einen Anflug von Bedauern, als sei es nicht seine eigene Geschichte:

„Ich habe meinen ganzen Plunder an einen Trödler verkloppt, zu einem Viertel des Wertes. Dann hab ich auf dem Schwarzmarkt zwei Laib Brot gekauft, damals gab's schon Lebensmittelkarten. Ich wollte mich auf Güterzügen nach Hause durchschlagen, aber sie hatten gerade strenge Gesetze dagegen erlassen. Fahrkarten kriegte man nicht mal für Geld, geschweige denn ohne – wißt ihr's noch? Nur gegen Bescheinigung oder Dienstreiseausweis. Man kam nicht mal auf den Bahnsteig – an der Sperre standen Milizionäre, und auf beiden Seiten des Bahnhofs strichen Polizeispitzel auf den Gleisen herum. Die Sonne ging unter, die Pfützen froren zu – wo übernachten ...? Ich klettere auf eine glatte Steinmauer, spring mit meinen Broten rüber – und ab in den Lokus auf dem Bahnsteig. Dort hab ich mich eine Weile versteckt, aber es war keiner hinter mir her. Dann ging ich raus, als wär ich ein Reisender, ein Soldat. Der ‚Wladiwostok – Moskau-Expreß' stand gerade auf dem Gleis. Alle rannten nach heißem Wasser, schlugen sich gegenseitig die Teekessel auf den Kopf. Ein Mädchen in blauer Bluse stand mit einem großen Teekessel da und traute sich nicht an den Boiler ran, sie hatte Angst, ihre Füßchen würden verbrüht oder zertrampelt. ‚Da, halt meine Brote', sag ich, ‚ich hol dir Wasser!'

Und als ich Wasser zapfe, fährt der Zug an. Sie steht mit meinen Broten da, weint und weiß nicht, was sie mit ihnen machen soll. Ihr Teekessel war ihr anscheinend egal. ‚Lauf!' schreie ich. ‚Los! Ich komm nach!' Sie vornweg, ich hinterher. Ich hol sie ein, heb sie mit einer Hand rauf, renn neben dem Zug her und spring aufs Trittbrett. Der Schaffner schlug mir nicht auf die Finger und stieß mich auch nicht runter – in dem Wagen waren noch andere Soldaten, er dachte, ich gehör zu ihnen."

Schuchow stieß Senka in die Seite: Da, rauch zu Ende, armer Hund. Er gab ihm sogar seine hölzerne Zigarettenspitze. Mag er daran ziehen, wen stört's. Senka ist ein komischer Kauz, wie ein Künstler legt er die Hand aufs Herz und nickt. Na ja, was soll man auch von einem Tauben erwarten . . .!

Der Brigadier erzählt weiter:

„Sechs Mädchen saßen da im geschlossenen Abteil, Leningrader Studentinnen, die aus dem Praktikum zurückkamen. Auf dem Tisch ein Haufen Zeug, ihre Regenmäntel baumeln an den Haken, im Gepäcknetz Köfferchen in Bezügen. So fahren sie am Leben vorbei, alle Signale auf Grün . . . Wir unterhielten uns, erzählten Witze, tranken Tee. Und Sie, fragten sie mich, aus welchem Wagen sind Sie denn? Ich seufzte und sagte ihnen die Wahrheit: Ihr kleinen Mädchen, ihr habt das Leben noch vor euch, ich bin zum Tod verurteilt . . ."

Es ist still im Raum. Im Ofen brennt das Feuer.

„Sie machten ach und och, beratschlagten miteinander . . . Schließlich versteckten sie mich unter ihren Mänteln auf der obersten Pritsche. Dann kamen die Wagenschaffner mit den Wachsoldaten durch. Aber es ging ja nicht um die Fahrkarte, sondern um meine Haut. Bis Nowosibirsk versteckten sie mich. Übrigens, bei einem der Mädchen konnte ich mich später, an der Petschora, revanchieren: Fünfunddreißig wurde sie nach der Kirow-Affäre eingelocht. Bei der Außenarbeit wär sie eingegangen, ich hab sie in der Schneiderei untergebracht."

„Sollen wir den Mörtel anrühren?" fragt Pawlo flüsternd den Brigadier. Der hört ihn nicht.

„Ich kam nachts über die Gemüsefelder nach Hause. Mein Vater war weg, die Mutter wartete mit den kleinen Brüdern auf den Abtransport. Ich war schon mit einem Telegramm angemeldet worden, und der Dorfsowjet versuchte mich zu schnappen. Wir zitterten vor Angst, machten das Licht aus und setzten uns dicht an der Wand auf den Boden, denn die Aktivisten gingen im Dorf herum und schauten den Leuten in die Fenster. In dieser Nacht nahm ich meinen kleinen Bruder mit und brachte ihn in wärmere Gegenden, nach Frunse. Zu essen hatte ich für ihn genausowenig wie für mich. In Frunse wurde auf einer Straße Asphalt gekocht, und um den Kessel herum saß eine ganze Bande. Ich setzte mich zu ihnen: ‚Hört mal, ihr Herren ohne Hosen! Nehmt meinen kleinen Bruder in die Lehre, bringt ihm bei, wie man sich durchschlägt!' Sie nahmen ihn... Heute tut's mir leid, daß ich nicht auch bei den Kriminellen geblieben bin..."

„Haben Sie Ihren Bruder nie wiedergesehen?" fragte der Kapitän.

Tjurin gähnte.

„Nee, nie mehr." Er gähnte noch einmal. Dann sagte er: „Na, lustig, Jungs! Wir werden uns im Kraftwerk schon einleben. Wer den Mörtel anrührt – fangt ruhig an. Wartet nicht die Sirene ab."

So ist sie, die Brigade. Ein Natschalnik kann die „Arbeiter" auch zur Arbeitszeit nicht in Bewegung bringen, wenn aber der Brigadier während der Pause „Arbeiten" sagt, dann gehen alle ran. Weil er für seine Leute sorgt. Und weil er sie nicht unnötig antreibt.

Wenn man den Mörtel erst nach der Pause anrührt, was sollen die Maurer dann tun – herumstehen?

Schuchow seufzte und stand auf.

„Ich hack mal das Eis los."

Für das Eis nahm er eine kleine Axt und einen Besen mit, zum Mauern seinen Hammer, Latte, Schnur und Lot.

Der rotwangige Kilgas sah Schuchow an, verzog das Gesicht und dachte: Was springst du so eilig vor dem Brigadier auf? Aber Kilgas braucht sich keine Gedanken zu machen, wovon die Brigade satt werden soll: Diesem Glatzkopf ist es gleich, ob er zweihundert Gramm Brot weniger bekommt – er lebt gut von seinen Paketen. Trotzdem steht er auf, hat endlich verstanden. Einer darf die ganze Brigade nicht aufhalten.

„Warte doch, Wanja, ich komme mit!" ruft er.

Jaja, der mit seinen dicken Backen. Wenn er für sich selber arbeitete, würde er schneller aufstehen.

Schuchow hatte sich auch deshalb so beeilt, weil er Kilgas das Lot wegschnappen wollte – in der Werkzeugausgabe hatten sie nur eins bekommen. Pawlo fragt den Brigadier:

„Sollen sie zu dritt mauern? Warum nehmen wir nicht noch einen dazu? Oder reicht der Mörtel nicht?"

Der Brigadier runzelt die Stirn, überlegt:

„Als vierter mache ich selbst mit. Pawlo, du bleibst hier beim Mörtel! Die Mörtelpfanne ist groß, stell sechs Mann an und mach es so: Aus der einen Hälfte sollen sie den fertigen Mörtel rausholen, in der anderen neuen anrühren. Und keine Minute Pause!"

„He!" Pawlo springt auf, er ist ein kräftiger Bursche, ein junges Blut, mit ukrainischen Mehlklößen großgezogen, das Lager hat ihn noch nicht zerbrochen. „Wenn Sie selber mauern, dann rühre ich Mörtel an! Wir wollen mal sehen, wer schneller vorankommt! Wo ist die größte Schaufel, her damit!"

Das ist die Brigade! Pawlo hat aus dem Wald raus geschossen und nachts die Dörfer überfallen – was zum Teufel sollte er sich hier abschuften! Aber für den Brigadier tat er alles, das war was anderes.

Schuchow und Kilgas gingen nach oben, sie hörten, wie Senka hinter ihnen die knarrende Leiter hinaufstieg. Er hatte also verstanden, der Schwerhörige.

Im Obergeschoß hatten sie mit dem Mauern eben erst angefangen: Es waren rundum drei Lagen, nur an wenigen Stellen etwas höher. Jetzt hatten sie das Stück vor sich, das sich am schnellsten mauern ließ – von den Knien bis in Brusthöhe, ohne Gerüst.

Das Gerüst und die Böcke, die hier gestanden

hatten – alles hatten die Häftlinge weggeschleppt. Entweder für andere Bauten oder als Brennholz, damit anderen Brigaden nur ja nichts in die Hände fiel. Wenn sie jetzt zügig arbeiten wollten, mußten sie schon morgens neue Blöcke zimmern, sonst kamen sie nicht weiter.

Vom Kraftwerk aus kann man weit sehen: über die ganze verschneite Bauzone, die jetzt menschenleer daliegt (die Häftlinge haben sich bis zum Signal ins Warme verkrochen), dann die schwarzen Wachttürme, die spitz zulaufenden Pfähle mit dem Stacheldraht. Im Sonnenlicht kann man den Stacheldraht erkennen, gegen die Sonne nicht. Sie blendet so stark, daß man die Augen gar nicht richtig aufmachen kann.

In der Nähe fährt der Werkszug. Wie der qualmt! Verrußt den ganzen Himmel! Und dann fängt er an zu schnaufen. Jedesmal ächzt er kläglich, bevor seine Sirene heult. Jetzt pfeift er. Viel haben sie noch nicht gearbeitet.

„He, du Aktivist! Beeil dich mal mit dem Lot!" treibt Kilgas Schuchow an.

„Sieh mal, wieviel Eis noch auf deiner Mauer ist! Ob du das bis heute abend abgeschlagen hast? Wär doch schade, wenn du deine Kelle umsonst heraufgeschleppt hättest", sagt Schuchow spöttisch.

Sie wollen so zu mauern anfangen, wie sie sich's vor dem Essen eingeteilt haben, da schreit der Brigadier von unten:

„He, Jungs! Damit der Mörtel in den Kästen nicht gefriert, mauern wir jede Wand zu zweit. Schuchow! Nimm Klewschin mit an deine Wand, ich komme zu Kilgas. Aber zuvor wird Goptschik für mich das Eis losschlagen." Schuchow und Kilgas sahen sich an. Gut. So geht es schneller.

Sie packen ihre Beile.

Schuchow hatte keinen Blick mehr für den weiten Horizont, wo die Sonne auf dem Schnee glänzte, er sah nicht mehr auf die Bauzone hinunter, wo die „Arbeiter“ gerade ihre Wärmeräume verließen und auseinandergingen – die einen an ihre Grube, die immer noch nicht ausgeschachtet war, die anderen an ihre Bewehrung, die abgestützt werden mußte, wieder andere zur Werkstatt, wo der Dachstuhl noch zu zimmern war. Schuchow sah nur die Mauer vor sich – von der linken Ecke, wo die Stufen zu halber Mannshöhe anstiegen, bis zur Ecke rechts, wo seine Wand mit der von Kilgas zusammenstieß. Er zeigte Senka, wo er das Eis abschlagen mußte, er selbst bearbeitete sein Stück Mauer unermüdlich, abwechselnd mit dem Beilrücken und mit der Schneide, daß die Splitter nach allen Seiten und ihm ins Gesicht flogen, er handhabte sein Werkzeug geschickt, doch ohne sich zu konzentrieren. Er sah unter dem Eis schon die fertige Wand vor sich, die zwei Steine dicke Fassadenwand des Kraftwerks. Vorher hatte hier ein Maurer gearbeitet, der entweder nichts von seinem Handwerk verstand oder gepfuscht hatte.

Jetzt war sie Schuchow schon so vertraut, als hätte er sie selbst gemauert. Die eingefallene Stelle hier konnte man nicht mit einer Schicht ausgleichen, da waren etwa drei Schichten nötig, wobei der Mörtel jedesmal etwas dicker aufgetragen werden mußte. Und dort sprang die Mauer vor, was sich erst mit zwei Schichten ausgleichen ließ. Und er machte sich in Gedanken ein Zeichen – wie weit er selbst mauern wollte, angefangen bei der Abtreppung links und bis zu der Stelle, wo Senka anfangen sollte. An der Ecke dort, überlegte er, wird Kilgas Senka helfen müssen und ein paar Steine für ihn mauern. Und während die zwei da an der Ecke herumbasteln, kann ich hier gut die halbe Wand aufführen, damit er und Senka nicht zurückbleiben. Er berechnete, wie viele Blocksteine er brauchte. Kaum waren die Träger mit den Steinen heraufgeklettert, hielt er Aljoschka fest:

„Bring mir welche! Leg sie hier hin! Und dort!"

Senka schlug noch Eis los, da griff Schuchow sich schon den Besen aus Stahldraht, packte ihn mit beiden Händen und scheuerte die Wand, hin und her, hin und her, fegte die oberste Schicht der Steine bis auf eine dünne Schneeschicht sauber, besonders die Fugen.

Der Brigadier kam nach oben, und während Schuchow noch mit seinem Besen hantierte, befestigte er die Meßlatte an seiner Ecke. Schuchows und Kilgas' Latten standen schon lange.

„He!" schrie Pawlo von unten. „Lebt ihr da oben noch? Wollt ihr Mörtel haben?"

Schuchow begann zu schwitzen: Die Schnur war noch nicht gezogen! Er mußte sich beeilen. Dann beschloß er, die Schnur nicht erst für eine oder zwei, sondern sofort für drei Schichten, mit genügend Spielraum, zu ziehen. Damit Senka schneller vorankam, wollte er ihm noch ein Stück von der Außenseite abnehmen und ein bißchen mehr von der Innenseite überlassen.

Während er die Schnur an der oberen Kante entlangzog, erklärte er Senka mit Worten und Zeichen, wo er mauern solle. Der Taube verstand sofort. Er biß sich auf die Lippen, verdrehte die Augen und sah nickend zur Mauer des Brigadiers hinüber – dem werden wir schon einheizen! Wir bleiben nicht zurück! Er lacht.

Da tragen sie den Mörtel die Leiter herauf. Viermal zwei Mann werden Mörtel bringen. Der Brigadier hat bestimmt, daß neben den Maurern keine Mörtelkästen aufgestellt werden – während des Umfüllens friert der Mörtel nur fest. Sie stellen einfach die Tragkästen hin – und die Maurer nehmen heraus, was sie brauchen. Inzwischen können die Träger, damit sie da oben nicht frierend herumstehen, die Blocksteine anreichen. Während oben die Tragkästen geleert werden, mischen die anderen unten pausenlos weiter Mörtel, bis die Träger hinunterkommen. Dann mit dem Tragkasten an den Ofen, daß die Mörtelreste auftauen, und die Männer wärmen sich schnell etwas auf.

Sie brachten zwei Tragkästen gleichzeitig – einen für Kilgas und einen für Schuchow. Der Mörtel dampft in der Kälte, aber er enthält kaum Wärme. Wenn man ihn mit der Kelle aufwirft und einen Augenblick zögert – ist er schon hart. Dann muß man ihn mit dem Maurerhammer losklopfen, mit der Kelle kriegt man ihn nicht mehr los. Und wenn man den Stein nicht sofort richtig legt – ist er krumm und schief angefroren. Dann kann man ihn nur noch mit dem Beilrücken abschlagen und den Mörtel abhacken.

Aber Schuchow macht keinen Schnitzer. Die Blocksteine sind nicht alle gleich. Am einen fehlt eine Ecke, am andern ist die Kante beschädigt, der dritte hat einen Buckel – Schuchow sieht es sofort, er sieht auch, auf welcher Seite dieser Stein am besten liegt, und er erkennt die Stelle auf der Mauer, wo der Stein hingehört.

Mit der Kelle nimmt Schuchow den dampfenden Mörtel aus dem Kasten – wirft ihn auf und merkt sich, wo die untere Stoßfuge verläuft (damit diese Fuge genau unter der Mitte des oberen Blocksteins liegt). Er wirft nur soviel Mörtel auf, wie er für einen Stein braucht. Und langt sich dann einen Stein aus dem Haufen (schön vorsichtig – damit er seinen Fausthandschuh nicht daran zerreißt, denn diese Blocksteine waren sehr rauh). Noch einmal mit der Kelle den Mörtel glattstreichen – klatsch, den Stein darauf! Sofort ausrichten, noch ein leichter Schlag mit der Kelle, wenn er nicht richtig liegt: damit die Außenwand lotrecht verläuft und damit die Steine längs und quer dicht aneinanderstoßen. Schon haftet der Stein, ist festgefroren.

Wenn unter dem Stein etwas Mörtel hervorgequollen ist, muß man ihn blitzschnell mit der Kante der Maurerkelle losschlagen, von der Wand kratzen (im Sommer könnte man ihn für den nächsten Stein verwenden, jetzt ist nicht daran zu denken) und dann die unteren Fugen kontrollieren – manchmal sind dort auch Bruchstücke vermauert –, dann wieder Mörtel aufwerfen, an der Kopffläche des Steins etwas abstreichen, den Stein nicht einfach darauflegen, sondern von rechts nach links anschieben, er drückt dann den überschüssigen Mörtel zwischen sich und dem links daneben liegenden Stein heraus. Die Senkrechte stimmt. Die Waagerechte auch. Sitzt fest. Der nächste!

Sie arbeiten sich ein. Wenn wir erst zwei Schichten gemauert haben und die alten Fehler ausgebessert sind, läuft es wie am Schnürchen. Aber jetzt – scharf hinsehen!

Schneller, immer schneller an der Außenseite Senka entgegen. Senka in seiner Ecke hat sich bereits wieder vom Brigadier entfernt, kommt auf ihn zu.

Schuchow zwinkerte den Trägern zu – den Mörtel hierher, tragt den Mörtel dicht heran, schnell! Er hat sich so eingearbeitet, daß er nicht einmal Zeit findet, sich die Nase abzuwischen.

Als Senka neben ihm stand und sie beide aus

demselben Kasten Mörtel nahmen, waren sie sofort auf dem Grund.

„Mörtel!“ brüllt Schuchow über die Mauer.

„Kommt schon!“ ruft Pawlo.

Sie brachten den Kasten hinauf. Schuchow und Senka schöpften heraus, was noch flüssig war, an den Seiten fror der Mörtel schon fest – kratzt ihn selber los! Wenn sich erst eine dicke Schicht Mörtel abgesetzt hat, müßt ihr ja den schweren Kasten rauf- und runterschleppen. Weg damit! Der nächste!

Schuchow und die anderen Maurer spürten die Kälte nicht mehr. Von der zügigen, intensiven Arbeit brach ihnen zum erstenmal der Schweiß aus – unter der Wattejacke, der Weste, den beiden Hemden wurde die Haut feucht. Aber sie hielten keinen Augenblick inne und mauerten um die Wette weiter. Eine Stunde später wurde es ihnen – zum zweitenmal – glühend heiß, so daß der Schweiß wieder trocknete. Die Kälte ging ihnen nicht in die Beine, das war die Hauptsache, alles andere, auch der ständige leichte Wind konnte sie nicht von der Arbeit ablenken. Nur Klewschin schlug immer wieder die Füße aneinander: Der Unglücksrabe hat Schuhgröße sechsundvierzig, man hat ihm verschieden große Filzstiefel gegeben, die zu eng sind.

Ab und zu ruft der Brigadier: „Mör-tel!“ Und Schuchow auch: „Mör-tel!“

Wer die Arbeit vorantreibt, wird für die anderen auch so etwas wie ein Brigadier. Schuchow darf nicht hinter den beiden an der andren Wand zurückbleiben, auch seinen leiblichen Bruder würde er jetzt mit dem Tragkasten die Leiter hinauf- und hinunterjagen.

In der ersten Zeit nach der Mittagspause hatte Buinowski zusammen mit Fetjukow Mörtel getragen. Auf der steilen, glatten Leiter war er anfangs nur mühsam vorangekommen, Schuchow hatte ihn etwas angetrieben:

„Schneller, Kapitän! Steine her!"

Aber mit jedem Tragkasten wurde der Kapitän sicherer, Fetjukow träger: hält den Kasten schief, dieser Hundesohn, läßt Mörtel rausschwappen, damit er leichter wird.

Schuchow stieß ihn einmal gehörig in den Rükken:

„He, du Ekel! Als du Direktor warst, hast du von deinen Arbeitern auch was verlangt!"

„Brigadier", ruft der Kapitän, „gib mir einen vernünftigen Menschen zum Tragen! Mit diesem Scheißer kann ich nicht arbeiten!"

Also teilte der Brigadier die Leute anders ein: Fetjukow mußte von unten Blocksteine aufs Gerüst werfen, er stand so, daß man kontrollieren konnte, wie viele er nach oben warf, und Aljoschka kam zum Kapitän. Aljoschka ist gutwillig, er läßt sich von jedem kommandieren. „Alle Mann an Deck!" sagt der Kapitän nachdrücklich zu ihm. „Siehst du, wie weit die Maurer schon sind!"

Aljoschka lächelt nachgiebig:

„Wenn nötig, können wir noch schneller machen. Sagen Sie es nur."

Und sie stapfen nach unten.

Er ist friedlich – eine Ausnahme in der Brigade.

Der Brigadier brüllt irgend etwas hinunter. Ein weiterer Lastwagen mit Blocksteinen ist angekommen. Mal bleiben die Lieferungen ein halbes Jahr aus, mal kommen gleich ein paar Fuhren auf einmal. Man muß eben dann arbeiten, wenn Blocksteine geliefert werden. Das ist erst der erste Tag. Aber dann fängt wieder der

Leerlauf an, dann kommt man nicht von der Stelle.

Der Brigadier ruft noch etwas hinunter, schimpft. Sagt irgendwas vom Aufzug. Schuchow möchte gern wissen, was, aber er hat keine Zeit: Er richtet die Mauer aus. Die Träger kommen hinauf und erzählen: Der Monteur war da, um den Aufzug zu reparieren, mit ihm kam der Montageleiter, ein Freier. Der Monteur müht sich ab, der Montageleiter schaut zu.

So gehört es sich: Einer arbeitet, der andere schaut zu.

Wenn der Aufzug jetzt repariert würde, könnte man die Steine und den Mörtel damit ins Obergeschoß befördern.

Schuchow hatte gerade die dritte Schicht fertig, Kilgas schon mit der dritten angefangen, als noch ein Aufseher, noch ein Natschalnik, die Leiter hinaufkletterte – der Vorarbeiter Derr. Er ist aus Moskau. Angeblich hat er im Ministerium gearbeitet.

Schuchow stand dicht neben Kilgas, zeigte unauffällig auf Derr.

„Ach was!“ winkt Kilgas verächtlich ab, „mit Vorgesetzten habe ich gar nichts zu tun. Nur wenn er die Leiter runterfällt, dann ruf mich.“

Gleich wird er sich hinter die Maurer stellen und ihnen zusehen. Diese Aufpasser kann Schuchow auf den Tod nicht leiden. Ingenieur will er sein, das fette Schwein! Einmal führte er vor, wie man Ziegelsteine mauert, da lachte Schuchow sich halbtot. Wer mal mit eigenen Händen ein Haus gebaut hat, der ist ein Ingenieur!

In Temgenjowo gab es keine Steinhäuser, die Bauernhäuser waren alle aus Holz, auch die Schule, aus dem Hegewald hatten sie Baumstämme von sechs Klafter Länge dafür geholt.

Aber im Lager wurden Maurer gebraucht – bitte sehr, Schuchow kann auch mauern. Wer mit seinen Händen zweierlei Arbeit tun kann, der schafft auch zehn.

Nein, Derr fiel nicht hinunter, er stolperte nur einmal. Hastig kam er ins Obergeschoß gelaufen.

„Tjurin!" schreit er, und die Augen fallen ihm beinahe aus dem Kopf, „Tju-rin!"

Hinter ihm rennt Pawlo, die Schaufel noch in der Hand, die Leiter hinauf. Derr trägt eine Häftlingsjacke, aber eine saubere, neue. Und eine tadellose Ledermütze. Wie bei allen ist eine Nummer darauf: B-731.

„Na?" Tjurin kommt mit seiner Kelle auf ihn zu. Die Brigadiersmütze ist ihm schief aufs Auge gerutscht.

Irgend etwas Unerhörtes ist passiert. Das darf man sich nicht entgehen lassen, aber der Mörtel gefriert im Kasten. Schuchow mauert weiter, er mauert und horcht.

„Du bist wohl verrückt?!" schreit Derr geifernd. „Das riecht nicht mehr nach Bunker! Das ist ein Verbrechen, Tjurin! Dafür bekommst du noch drei Jahre!"

Erst jetzt hatte Schuchow kapiert, was los war. Er sah Kilgas an – der war auch schon dahintergekommen. Die Dachpappe! Er hatte die Dachpappe an den Fenstern entdeckt.

Seinetwegen hat Schuchow kein bißchen Angst, der Brigadier läßt ihn nicht auffliegen. Aber er hat Angst um den Brigadier. Wir brauchen den Brigadier so notwendig wie einen Vater, für die ist er nur eine Schachfigur. Wegen einer solchen Sache könnten sie dem Brigadier eine zweite Haftzeit im Norden aufbrummen.

Entsetzlich, wie sich das Gesicht des Brigadiers verzerrt! Wie er die Maurerkelle hinschmeißt!

Und einen Schritt – auf Derr zu! Derr sieht sich um – Pawlo holt gerade mit der Schaufel aus.

Die Schaufel! Die Schaufel hatte er sich nicht zufällig gegriffen . . . Auch Senka, der Taube, hat verstanden: die Hände in die Seiten gestemmt, tritt er näher: Und er ist stark, dieser Waldschrat.

Derr blinzelt, wird unruhig, sieht sich nach Deckung um. Der Brigadier beugt sich vor und sagt ganz leise, aber für alle hier oben deutlich vernehmbar zu Derr:

„Die Zeit ist vorbei, ihr Dreckschweine, wo ihr unsereinem noch ein paar Jahre mehr anhängen konntet. Wenn du ein einziges Wort sagst, du Blutsauger, dann ist's aus mit dir. Denk dran!"

Der Brigadier zittert am ganzen Leib. Er zittert, kann sich nicht beruhigen.

Und der spitznasige Pawlo sieht Derr starr ins Gesicht, ganz starr.

„Was denn, was wollt ihr denn, Männer!" Derr ist blaß geworden und macht noch einen Schritt von der Leiter weg.

Der Brigadier sagt nichts mehr, rückt die Mütze zurecht, hebt die verbogene Kelle auf und geht an seine Wand.

Pawlo steigt mit der Schaufel langsam nach unten.

Sehr langsam . . .

Derr hat Angst zu bleiben und hat Angst hinunterzugehen. Er versteckt sich hinter Kilgas, steht da.

Kilgas mauert weiter – ruhig wie ein Apotheker, der die Bestandteile für eine Arznei auswiegt: Er beeilt sich keinen Augenblick. Und wendet Derr immer noch den Rücken zu, als habe er ihn nicht gesehen.

Derr macht sich an den Brigadier heran. Sein ganzer Hochmut ist hin.

„Was soll ich dem Bauführer sagen, Tjurin?"

Der Brigadier mauert, ohne sich nach ihm umzudrehen: „Sagen Sie ihm – es war schon so. Als wir kamen, war schon alles so."

Derr blieb noch eine Weile stehen. Er begriff, daß sie ihn jetzt nicht umbringen würden. Er ging leise auf und ab, die Hände in den Hosentaschen.

„He, S-854", brummte er, „warum nimmst du so wenig Mörtel?"

An irgendeinem mußte er die Wut auslassen. Bei Schuchow gab's weder an den Fugen noch an den Kanten etwas auszusetzen, also war die Mörtelschicht zu dünn.

„Gestatten Sie mir zu bemerken", nuschelte er spöttisch, „wenn ich jetzt zuviel Mörtel nehme, fließt uns im Frühjahr das ganze Kraftwerk auseinander."

„Du bist nur Maurer, hör gefälligst auf das, was ein Polier dir sagt", erwiderte Derr finster und blies die Backen auf, so eine Angewohnheit von ihm.

Na ja, vielleicht ist die Schicht wirklich zu dünn, und man könnte mehr Mörtel nehmen, aber nur dann, wenn man nicht im Winter, sondern unter menschlichen Bedingungen mauert. Er soll doch mal an die Leute hier denken. Sie brauchen ihre Norm. Aber was soll man lange erklären, wenn einer nichts begreift!

Derr ging leise die Leiter hinunter.

„Lassen Sie mir den Aufzug reparieren!" rief ihm der Brigadier von seiner Wand aus nach. „Sind wir denn Packesel? Wir müssen die Blocksteine eigenhändig in den ersten Stock schleppen!"

„Du wirst doch dafür bezahlt", antwortete Derr von der Leiter, aber ganz freundlich.

„Vielleicht ‚auf Schubkarren'? Na, nehmen Sie

mal eine Schubkarre, fahren Sie damit die Leiter rauf. Bezahlt gefälligst nach ‚Tragkästen'!"

„Was geht mich das an? Die Buchhaltung führt keine ‚Tragkästen'."

„Die Buchhaltung! Meine ganze Brigade arbeitet als Handlanger für vier Maurer. Wieviel kann ich da verdienen?" schreit der Brigadier und mauert dabei ununterbrochen weiter.

„Mö-örtel!" brüllt er nach unten.

„Mö-örtel!" ruft auch Schuchow. Mit der dritten Schicht sind alle Unebenheiten ausgeglichen, jetzt kann es richtig losgehen. Eigentlich müßte er die Schnur jetzt eine Schicht höherziehen, aber es geht auch so, eine schaffen wir ohne Schnur.

Da unten geht Derr mit hängenden Schultern über das Gelände. Ins Kontor, sich aufwärmen. Ihm ist sicher nicht wohl in seiner Haut. Man muß es sich eben gut überlegen, wenn man auf einen Wolf wie Tjurin losgehen will. Dabei könnte Derr sich so gut mit ihm vertragen, brauchte sich um nichts Sorgen zu machen, muß selbst nicht schuften, bekommt eine große Ration, hat einen Raum für sich – was will er mehr? Aber der bläst sich immer auf und macht sich wichtig.

Von unten kommen sie herauf, erzählen: Der Montageleiter ist weggegangen, der Monteur auch – sie können den Aufzug nicht reparieren. Also, weiterschleppen!

Wo auch immer Schuchow gearbeitet hatte – entweder gingen die technischen Einrichtungen zu Bruch, oder die Häftlinge kriegten sie klein. Auch den Blockzug damals: Sie hatten einen Stock in die Kette gesteckt und dann angezogen. Um einmal auszuruhen. Denn sie sollten ohne Pause Holzklötze stapeln.

„Steine! Steine!" schreit der Brigadier, er ist

jetzt in Fahrt. Und schimpft die Handlanger und Steinträger: „Verdammte Hurensöhne!"

„Pawlo fragt, was mit dem Mörtel ist?" schreien sie von unten.

„Anrühren natürlich!"

„Die Mörtelpfanne ist noch halb voll!"

„Also noch eine!"

Eine tolle Hetzerei! Sie sind schon bei der fünften Schicht. Bei der ersten haben sie sich noch bücken müssen, und jetzt, sieh mal, geht die Mauer ihnen schon bis zur Brust! Warum auch nicht, wo sie weder Fensteröffnungen noch Türen mauern müssen, sondern nur zwei glatte Wände, und Steine genug haben. Die Schnur müßte neu gezogen werden, aber jetzt ist es zu spät.

„Die Zweiundachtzigste ist schon losgegangen, die Werkzeuge abliefern", berichtet Goptschik.

Der Brigadier sieht ihn nur einmal scharf an.

„Kümmer dich um deine Sachen, du Rotzbengel! Bring Steine her!"

Schuchow schaut sich um. Wirklich, die Sonne geht schon unter. Wie ein roter Fleck versinkt sie im grauen Dunst. Aber sie haben heute viel geschafft – mehr kann man nicht verlangen. Die fünfte Schicht ist angefangen, sie wird noch fertiggemacht. Nun noch ausrichten.

Die Handlanger sind erschöpft wie abgehetzte Gäule. Der Kapitän ist ganz grau im Gesicht. Er ist nicht mehr jung, der Kapitän, noch keine vierzig vielleicht, aber so ungefähr.

Grad um Grad nimmt die Kälte zu. Die Hände sind dauernd in Bewegung, trotzdem zwickt der Frost die Finger in den abgetragenen Fausthandschuhen. Und in den linken Filzstiefel kriecht die Kälte. Tapp-tapp, macht Schuchow, tapp-tapp.

Jetzt mußte man sich nicht mehr zur Wand

hinunterbeugen, doch dafür mußte man sich nach jedem einzelnen Stein, nach jeder Kelle Mörtel bücken.

„Jungs! Jungs", quengelt Schuchow, „könnt ihr mir nicht die Steine auf die Mauer legen? Auf die Mauer!"

Der Kapitän würde es gern tun, aber er hat keine Kraft mehr. Er hat sich noch nicht an die Schufterei gewöhnt. Aber Aljoschka:

„Gut, Iwan Denissytsch! Zeigen Sie mir, wohin ich sie legen soll."

Aljoschka lehnt niemals ab, worum man ihn auch bittet. Wenn alle Menschen so wären wie er, wäre Schuchow auch so. Wenn jemand dich bittct – warum ihm nicht helfen? Und das ist ganz richtig.

Durch die ganze Bauzone bis hin zum Kraftwerk war deutlich zu hören: Sie schlagen gegen die Eisenschiene. Aufhören! Jetzt steht er da mit dem Mörtel. Ach, sie hatten sich genug angestrengt! . . .

„Mörtel her! Mörtel her!" ruft der Brigadier.

Unten haben sie gerade noch eine Pfanne angerührt! Jetzt heißt es mauern, nichts anderes: Wenn sie die Mörtelpfanne nicht leer machen, können sie sie morgen kurz und klein schlagen, der Mörtel wird steinhart, man bekommt ihn nicht mal mit der Spitzhacke heraus.

„Na los, Brüder!" schreit Schuchow.

Kilgas ist böse. Jede Hetzerei ist ihm zuwider. Aber auch er macht weiter – was bleibt ihm anderes übrig?

Von unten kommt Pawlo, den Mörtelkasten auf dem Rücken, die Kelle in der Hand. Er will auch beim Mauern helfen. Nun sind sie zu fünft.

Jetzt müssen nur noch die Verbände gemauert werden. Schuchow nimmt Augenmaß, welchen

Stein er zu dem Verband nehmen will, dann schiebt er Aljoschka den Hammer hin:

„Da, hau ihn mir zurecht!"

Gut Ding will Weile haben. Jetzt, da alle anfangen zu hetzen, hat Schuchow es nicht mehr eilig, sondern betrachtet prüfend die Mauer. Senka hat er nach links abgeschoben, er selbst mauert nach rechts weiter, zur Ecke hin. Wenn er jetzt die Wand zu hoch zieht oder die Ecke verpatzt – gibt es Mist, dann haben sie morgen den ganzen Vormittag damit Arbeit. „Halt!" Er stößt Pawlo von dem Stein weg, rückt ihn selber zurecht. Und von dort aus, sieh mal, von der Ecke aus hat man den Eindruck: in Senkas Stück ist so eine Art Vertiefung. Er stürzt zu Senka, gleicht sie mit zwei Steinen aus. Der Kapitän schleppt seinen Tragkasten wie ein gutmütiger Karrengaul.

„Da!" schreit er. „Noch zwei!"

Er kann sich kaum noch auf den Beinen halten, der Kapitän, aber er macht weiter. Schuchow hatte genau so einen Gaul. Schuchow behandelte ihn gut, aber als er in fremde Hände kam, ging er ein. Und dann zogen sie ihm das Fell ab.

Inzwischen war der oberste Rand der Sonne am Horizont verschwunden. Jetzt sahen sie auch ohne Goptschik: alle Brigaden hatten ihr Werkzeug abgeliefert, die Menge strömte in hellen Scharen zum Lagertor. (Niemand geht gleich nach dem Signal hinaus, keiner ist so dumm, in der Kälte draußen herumzustehen. Alle sitzen in den Wärmeräumen. Aber dann kommt der Augenblick, in dem sich die Brigadiere miteinander verständigen und alle Brigaden gleichzeitig hinausströmen. Wenn sie sich nicht untereinander absprächen, würde dieses halsstarrige Volk, die Häftlinge, bis Mitternacht in den Wärmeräumen sitzen bleiben, einer länger als der andere.)

Da nimmt auch der Brigadier Vernunft an, er sieht selbst, daß er sich gewaltig verspätet hat. Wahrscheinlich hat der Werkzeugverwalter ihm schon die Pest an den Hals gewünscht.

„Ach", schreit er, „nicht schade um die Scheiße! Träger! Runterkommen! Kratzt die Mörtelpfannen leer, und was ihr noch rausholt, tragt in die Grube dort und schüttet Schnee darüber, damit nichts zu sehen ist! Und du, Pawlo, sammel mit zwei Mann das Werkzeug ein, bring's weg. Goptschik kommt mit drei Kellen nach, diese zwei Kästen Mörtel vermauern wir noch."

Die Männer sprangen auf. Nahmen Schuchow den Maurerhammer weg, banden die Richtschnur los. Die Träger, die Handlanger – alle rannten nach unten in den Mischraum, hier oben hatten sie nichts mehr zu suchen. Nur die drei Maurer blieben noch – Kilgas, Klewschin, Schuchow. Der Brigadier geht hin und her, sieht sich an, was sie gemauert haben. Er ist zufrieden.

„Ganz gut gemauert, was? In einem halben Tag. Ohne diesen Mistaufzug."

Schuchow sieht – in Kilgas' Kasten ist nur noch wenig Mörtel.

Er ist besorgt, daß sie den Brigadier wegen der Maurerkelle im Werkzeugschuppen anschnauzen werden.

„Hört mal!" Schuchow hat eine Idee. „Gebt Goptschik die Kellen, meine ist nicht registriert, die brauche ich nicht abzugeben, mit der maure ich noch den Rest."

Der Brigadier lacht:

„Wie sollen wir dich überhaupt gehen lassen? Dir wird das ganze Lager nachjammern!"

Da lacht Schuchow auch. Er mauert weiter.

Kilgas trägt die Kellen nach unten. Senka

reicht Schuchow die Steine an, Kilgas' Mörtel haben sie in den andern Kasten umgeschüttet.

Goptschik rannte quer über das ganze Gelände zum Werkzeugschuppen, um Pawlo einzuholen. Die Hundertvierte war schon allein losgegangen, ohne den Brigadier. Der Brigadier ist eine Macht, aber das Begleitkommando ist eine noch größere. Wer zu spät kommt, wird aufgeschrieben – und ab in den Bau.

Vor der Wache herrscht beängstigendes Gedränge. Alle Brigaden sind schon dort. Anscheinend auch die Begleitmannschaft – sie zählen gerade ab.

(Am Ausgang zählen sie zweimal ab: das erste Mal vor dem geschlossenen Tor, damit sie wissen, daß sie das Tor öffnen können; das zweite Mal – während sie die Männer durchs Tor gehen lassen. Und wenn ihnen dann noch etwas nicht geheuer vorkommt, zählen sie draußen noch einmal ab.)

„Laß den Mörtel doch sausen!" Der Brigadier macht eine geringschätzige Handbewegung. „Wirf ihn über die Mauer!"

„Geh, Brigadier! Geh, du wirst dort dringender gebraucht!" (Schuchow redet ihn sonst immer mit Andrej Prokofjewitsch an, aber durch seine Arbeit steht er jetzt mit dem Brigadier auf einer Stufe. Nicht daß er es bewußt gedacht hätte, er fühlt nur, daß es so ist.) Und er sagt spöttisch hinter dem Brigadier her, der breitbeinig die Leiter hinuntersteigt: „Na, ihr Halunken! Der Arbeitstag ist viel zu kurz! Kaum hat man sich richtig in die Arbeit gekniet, ist schon Feierabend!"

Er war jetzt mit dem Tauben allein. Mit dem kann man nicht viel reden, aber das ist auch gar nicht nötig: Er ist klüger als alle anderen, versteht auch ohne ein Wort.

Schlapp, eine Kelle Mörtel! Schwapp, ein Stein! Andrücken. Kontrollieren. Mörtel. Stein. Mörtel. Stein . . .

Der Brigadier hatte wohl gesagt – sie sollen mit dem Mörtel nicht sparen, über die Mauer damit – und abhauen. Aber Schuchow ist nun mal so dumm veranlagt, und acht Jahre Lager haben es ihm nicht abgewöhnen können: Es tut ihm leid um jedes Ding und jede Arbeit, er kann nichts verderben lassen.

Mörtel! Stein! Mörtel! Stein!

„Schluß, leck mich am Arsch!" schreit Senka. „Los!"

Er nahm den Tragkasten – und die Leiter runter.

Und Schuchow – mochten die Soldaten ihn jetzt auch mit Hunden hetzen – lief noch einmal zurück, sah sich um. Ganz gut. Er stellte sich noch einmal dicht an die Mauer – beugte sich darüber, besah sie von links, von rechts. Ach, das Auge ist die beste Wasserwaage! Schnurgerade! Noch ist seine Hand sicher.

Dann hastete er die Leiter hinunter.

Senka kommt aus dem Mischraum und läuft im Trab den Hang hinunter.

„Los! Los!" Er dreht sich um.

„Lauf schon, ich bin sofort da!" winkt Schuchow ihm zu. Er geht erst in den Mischraum. Die Maurerkelle kann er nicht einfach herumliegen lassen. Vielleicht bleibt Schuchow morgen im Lager, vielleicht wird die Brigade in die Sozsiedlung gejagt, vielleicht kommt er ein halbes Jahr nicht wieder hierher – soll die Kelle dann verlorengehen?

Die Öfen im Mischraum sind erloschen. Es ist dunkel. Zum Fürchten. Aber nicht, weil es dunkel ist, sondern weil alle schon weg sind, weil er allein beim Abzählen fehlt und die Soldaten ihn verprügeln werden.

Trotzdem, Augen auf! Endlich hatte er in der Ecke einen geeigneten Stein entdeckt; er wälzte ihn beiseite, steckte die Kelle darunter und schob ihn wieder an den Platz. In Ordnung!

Jetzt aber Senka schnell einholen. Er ist ungefähr hundert Schritte vorausgelaufen und dann stehengeblieben. Klewschin läßt einen nie im Stich. Wenn sie sich verantworten müssen, dann gemeinsam.

Sie liefen nebeneinander, ein Kleiner und ein Großer. Senka war anderthalb Kopf größer als Schuchow, sein Kopf war halt zu groß geraten.

Es gibt so Nichtstuer, die laufen im Stadion freiwillig um die Wette.

So müßte man sie einmal hetzen, diese Teufel, nach einem Tag Schwerarbeit, mit krummen Rücken, nassen Handschuhen und in schiefgetretenen Filzstiefeln – und dann durch die Kälte.

Sie rennen wie tolle Hunde, man hört: Ch, ch! Ch, ch!

Na, der Brigadier ist auf der Wache, wird alles erklären.

Sie laufen geradewegs auf die Menge zu, schrecklich.

Hunderte von Männern grölen gleichzeitig los: „Lumpen! Arschlöcher! Scheißkerle! Sauhunde!" Wenn fünfhundert Mann sich vor Wut auf einen stürzen möchten, wie soll man sich da nicht fürchten?

Aber die Hauptsache – was ist mit den Soldaten?

Die Soldaten rühren sich nicht. Der Brigadier ist auch hier, steht in der letzten Reihe. Also hat er alles erklärt, die Schuld auf sich genommen.

Aber die Männer brüllen und fluchen weiter!

Sie grölen so laut, daß sogar Senka vieles mitbekommt, er holt einmal tief Luft, und dann legt er los, von seiner Höhe herab! Sein Leben lang hat er geschwiegen – aber jetzt dreht er auf! Er hat die Fäuste erhoben, gleich wird er dreinschlagen. Sie verstummen. Manche lachen.

„He, Hundertvierte! Der ist ja gar nicht taub!" ruft einer. „Jetzt haben wir den Beweis."

Alle lachen. Auch die Soldaten.

„In Fünferreihen aufstellen!"

Aber das Tor bleibt noch geschlossen. Sie mißtrauen sich wohl selbst. Die Menge wird vom Tor zurückgedrängt. (Diese Dummköpfe klammern sich ans Tor, als ob es dann schneller ginge.)

„In Fünferreihen aufstellen! Erste! Zweite! Dritte . . ."

Wenn eine Reihe aufgerufen wird, bewegt sie sich ein paar Meter vorwärts. Schuchow schöpft erst einmal Atem, sieht sich um – da steht der Mond ja am Himmel, du meine Güte! In rötlichen Dunst gehüllt. Er nimmt schon wieder ab, scheint's. Gestern stand er um diese Zeit viel höher. Schuchow ist froh, daß alles glatt gegangen ist, er knufft den Kapitän in die Seite und sagt herausfordernd:

„Hör, Kapitän, was sagt deine Wissenschaft dazu – wohin verschwindet der abnehmende Mond?"

„Was heißt wohin? So ein Unverstand! Er ist einfach nicht zu sehen!"

Schuchow schüttelt lachend den Kopf:

„Wenn er nicht zu sehen ist, woher weißt du dann, daß er noch da ist?"

„Was denn, meinst du etwa, jedesmal entsteht ein neuer Mond?" fragt der Kapitän verwundert.

„Was ist das Besonderes? Jeden Tag werden doch auch Menschen geboren, warum dann nicht alle vier Wochen ein neuer Mond?"

„Pfui!" Der Kapitän spuckt aus. „In meinem ganzen Leben habe ich keinen Matrosen gesehen, der so dämlich war wie du. Wohin soll der Mond denn verschwinden?"

„Das will ich doch wissen – wohin?" Schuchow grinst.

„Na, was meinst du?"

Schuchow seufzt und erzählt und nuschelt diesmal kaum noch:

„Bei uns zu Hause sagt man: Den alten Mond zerkrümelt Gott zu Sternen."

„Diese Wilden!" lacht der Kapitän. „Das habe ich noch nie gehört! Sag mal, Schuchow, glaubst du etwa an Gott?"

„Wieso?" erwidert Schuchow erstaunt. „Wenn er so donnert – versuch mal, nicht zu glauben!"

„Und warum tut Gott das?"

„Was?"

„Den Mond zu Sternen zerkrümeln – wofür?"

„Na, das ist doch ganz einfach!" Schuchow zuckt die Achseln. „Ab und zu fallen Sterne herunter, dann müssen sie wieder ersetzt werden."

„Dreht euch um, verdammte Hurensöhne ...", brüllen die Soldaten. „Aufstellen!" Sie waren jetzt an der Reihe. Die zwölfte Fünferreihe vom fünften Hundert marschiert los, und zwei Mann dahinter – Buinowski und Schuchow.

Aufgeregt rechnen die Soldaten die Summe auf ihren Holzbrettern aus. Es stimmt nicht! Es stimmt wieder mal nicht! Wenn sie wenigstens rechnen könnten.

Sie haben vierhundertzweiundsechzig zusammengezählt, aber angeblich müssen es vierhundertdreiundsechzig sein.

Noch einmal werden die Männer vom Tor zurückgestoßen (sie standen schon wieder dicht davor) – und los:

„In Fünferreihen aufstellen! Erste! Zweite!"

Das Ärgerliche an den Zählappellen ist, daß die eigene Zeit und nicht die Arbeitszeit dabei draufgeht. Und dann müssen sie noch durch die Steppe zum Lager marschieren und vor dem Lager zum Filzen anstehen. Alle Kolonnen rennen im Galopp, versuchen, einander zu überholen, um als erste gefilzt zu werden und im Lager verschwinden zu können. Die Kolonne, die als erste im Lager ist, schöpft überall den Rahm ab: Die Kantine wartet schon auf die Männer, überall kommen sie zuerst dran, in der Paketausgabe, im Magazin, in der „Privatküche", in der Kultur- und Bildungsabteilung, wo sie nach Briefen fragen oder einen Brief zensieren lassen, in der Krankenbaracke, beim Friseur, in der Sauna. Manchmal will auch die Begleitmannschaft ihre Kolonne möglichst bald loswerden – um schneller ins Lager zu kommen. Die Soldaten haben auch kein faules Leben: viel zu tun, wenig Zeit.

Ihre Rechnung stimmt immer noch nicht.

Als sie die letzten Fünferreihen passieren ließen, schien es Schuchow, als seien sie nun zu dritt am Schwanz. Aber nein, wieder blieben nur zwei übrig.

Die Kontrollposten gehen mit ihren Holzbrettern zum Kommandoführer. Sie beratschlagen. Er schreit:

„Der Brigadier der Hundertvierten!"

Tjurin tritt einen halben Schritt vor.

„Hier."

„Ist von deinen Leuten niemand mehr im Kraftwerk? Überleg mal."

„Nein."

„Überleg gut, ich reiß dir den Kopf ab."

„Nein, ich weiß es genau."

Dabei wirft er Pawlo heimlich einen Blick zu –

ist im Mischraum auch niemand von ihnen eingeschlafen?

„In Brigaden aufstellen!“ ruft der Kommandoführer.

Vorher standen sie in Fünferreihen, wie's gerade kam. Jetzt drängten die Männer durcheinander, fingen an zu lärmen. Da schreit einer: „Sechsundsiebzigste – zu mir kommen!“ Dort: „Dreizehnte! Hierher!“ Hier: „Zweiunddreißigste!“

Da die Männer von der Hundertvierten hinter den anderen standen, sammelten sie sich hinten. Jetzt sieht es Schuchow: Die ganze Brigade steht mit leeren Händen da, die Männer haben heute so schuften müssen, die armen Hunde, daß sie kein Abfallholz aufsammeln konnten. Nur zwei haben kleine Bündel bei sich.

Dieses Spiel wiederholt sich jeden Tag: Vor dem Signal zum Aufbruch suchen die „Arbeiter“ Holzspäne, Stöckchen, zerbrochene Schindeln, binden sie mit einem schmalen Lappen oder einer alten Schnur zusammen und nehmen sie mit. Die erste Razzia macht der Bauführer vor der Wache oder einer von den Polieren. Wenn es sich lohnt, müssen die Häftlinge alles liegenlassen (nachdem sie Millionen zum Schornstein hinausgejagt haben, wollen sie bei den Abfällen zu sparen anfangen). Aber die „Arbeiter“ machen ihre eigene Rechnung: Wenn jeder aus der Brigade nur ein paar Holzstücke mitbringt, wird es in der Baracke schon wärmer. Der Barackendienst bekommt für jeden Ofen fünf Kilo Kohlenstaub, davon wird die Baracke nicht warm. Und deshalb brechen sie die Latten oder sägen sie klein und stecken sie unter die Wattejacke. So kommen sie ungehindert am Bauführer vorbei.

Hier auf der Baustelle befiehlt die Begleitmannschaft niemals, das Holz liegenzulassen: Auch die Soldaten brauchen Feuerholz, aber sie können es nicht selbst mitnehmen. Erstens verbietet das die Uniform, zweitens brauchen sie die Hände, damit sie mit ihren Maschinenpistolen auf die Häftlinge schießen können. Wenn sie mit der Kolonne am Lager angekommen sind, befehlen sie: „Die Reihen soundsoviel bis soundsoviel – das Holz hierhin werfen." Aber sie benehmen sich anständig: denn für die Lageraufseher muß etwas übrigbleiben und für die Häftlinge auch, sonst bringen sie nichts mehr mit.

Während Schuchow mit den Blicken noch den Erdboden nach ein paar Holzspänen absuchte, hatte der Brigadier seine Leute durchgezählt und meldete dem Kommandoführer:

„Hundertvierte vollzählig!"

Auch Caesar steht wieder bei seiner Brigade. Er zieht heftig an seiner Pfeife, der rote Glutschein beleuchtet sein Gesicht, der schwarze Schnurrbart ist ganz bereift. Er fragt:

„Na, Kapitän, wie geht's?"

Wer im Warmen sitzt, kann einen Frierenden nicht verstehen.

Dumme Frage – wie geht's?

„Wie soll's gehen?" sagt der Kapitän achselzukkend. „Ich habe mich abgeschuftet, kann den Rücken kaum wieder geradekriegen."

Gib mir gefälligst was zu rauchen, heißt das.

Caesar gibt ihm eine Zigarette. Der Kapitän ist der einzige in der Brigade, mit dem er sich unterhält, mit keinem andern redet er ein offenes Wort.

„In der Zweiunddreißigsten fehlt einer! In der Zweiunddreißigsten!" rufen die Männer durcheinander.

Der Hilfsbrigadier der Zweiunddreißigsten und

ein junger Bursche rennen los, um den Mann im Werkstattgebäude zu suchen. In der wartenden Menge fragt einer den andern: Wer? Und was? Schuchow hörte schließlich, daß der kleine, schwarzhaarige Moldauer fehlte. Welcher Moldauer denn? Etwa der Moldauer, der angeblich rumänischer Spion war, ein echter Spion?

In jeder Brigade haben sie etwa fünf, aber das sind Phantasiespione, erfundene. In den Akten werden sie als Spione geführt, dabei sind sie nur Kriegsgefangene gewesen. Schuchow ist auch so ein Spion.

Aber der Moldauer ist ein echter.

Als der Kommandoführer in seiner Liste nachsah, machte er ein finsteres Gesicht. Wenn ein Spion geflohen war – was hatte er selbst dann zu erwarten?

Die Häftlinge, auch Schuchow, packt die Wut. Schuft, Scheusal, Mistvieh, Scheißkerl, Gauner! Der Himmel ist schon dunkel, der Mond gibt schon etwas Licht, die Sterne sind da, der Nachtfrost zieht auch an – und dieser Rotzkerl fehlt noch! Hat er nicht genug gearbeitet, dieses Aas? Reicht ihm die vorgeschriebene Arbeitszeit etwa nicht, elf Stunden vom Morgengrauen bis zur Abenddämmerung? Der Staatsanwalt kann sie verlängern, wart's ab. Schuchow wundert sich, wie einer so arbeiten kann, daß er das Signal überhört.

Schuchow hatte vollkommen vergessen, daß er selber eben noch genauso gearbeitet und sich geärgert hatte, so früh schon vor der Wache antreten zu müssen. Jetzt fror er wie alle anderen, war ebenso wütend wie sie, und wenn der Moldauer sie hier noch eine halbe Stunde warten ließ und die Soldaten ihn dann der Menge auslieferten – sie würden ihn zerreißen wie Wölfe ein Kalb!

Die Kälte wird immer unerträglicher! Niemand steht still, die einen trampeln auf der Stelle, die anderen machen zwei Schritte vorwärts, zwei Schritte zurück.

Die Männer unterhalten sich – ob der Moldauer etwa geflohen ist? Wenn er das tagsüber schon versucht hätte, wäre es was anderes, aber wenn er sich irgendwo versteckt hat und wartet, bis die Wachen von den Türmen abgezogen werden, kann er lange warten. Wenn die unterm Stacheldraht nicht seine Spur finden, suchen sie drei Tage und Nächte die Bauzone ab und bleiben ebensolang auf den Wachttürmen sitzen. Wenn notig, auch eine Woche. So lautet die Anweisung, alte Häftlinge wissen Bescheid. Überhaupt, wenn einer geflohen ist, hat die Begleitmannschaft keine ruhige Minute mehr, kommt weder zum Essen noch zum Schlafen. Manchmal werden die Soldaten so toll vor Wut, daß sie den Flüchtigen nicht mehr lebend ins Lager zurückbringen.

Caesar redet auf den Kapitän ein:

„Der Kneifer zum Beispiel, der an der Schiffstakelage hing, erinnern Sie sich daran?"

„Hmm ja . . ." Der Kapitän raucht vor sich hin.

„Oder der Kinderwagen auf der Treppe, wie er rollt und rollt."

„Schon gut. Aber das Leben bei der Marine ist ein bißchen marionettenhaft dargestellt."

„Sehen Sie, wir sind von der modernen Aufnahmetechnik verwöhnt . . ."

„Und was für Maden kriechen über das Fleisch – so groß wie Regenwürmer. Als ob es so große gäbe!"

„Aber feinere Mittel wirken im Film doch nicht!"

„Ich glaube, wenn wir jetzt solches Fleisch statt unserer kleinen Fische ins Lager geliefert bekämen, und es würde ungewaschen und ungeschabt in den Kessel geworfen, dann würden wir ..."

„A-a-ah!" heulten die Häftlinge plötzlich los. „U-u-uh!" Sie sahen drei kleine Gestalten das Werkstattgebäude verlassen – also war der Moldauer dabei. „U-u-uh!" grölte die Menge am Tor. Je näher die drei kamen, desto deutlicher:

„Verdammte Pest! Parasit! Lump! Elender Hund! Ekel! Scheißkerl!"

Auch Schuchow schreit:

„Verdammte Pest!"

Schließlich hat der Kerl fünfhundert Mann eine gute halbe Stunde gestohlen! Mit eingezogenem Kopf kommt er wie eine Maus angerannt.

„Halt!" brüllt ihn ein Wachtposten an. Und notiert: „K-460. Wo warst du?"

Der Soldat tritt auf ihn zu und dreht den Karabiner mit dem Kolben nach oben.

Aus der Menge schreit es immer noch:

„Saukerl! Scheiße! Arschloch!"

Andere sind verstummt, kaum daß der Soldat den Gewehrkolben umgedreht hat.

Der Moldauer schweigt, zieht den Kopf ein, weicht vor dem Soldaten zurück. Der Hilfsbrigadier der Zweiunddreißigsten tritt vor:

„Dieses Mistvieh ist aufs Malergerüst geklettert, hat sich vor mir versteckt und irgendwo im Warmen gesessen und ist eingeschlafen."

Mit der Faust gibt er ihm eins ins Genick! Und zwischen die Schultern! Damit treibt er ihn von den Soldaten weg. Der Moldauer taumelt rückwärts, da springt ein Ungar von der Zweiunddreißigsten vor und versetzt ihm einen Fußtritt in den Hintern, noch einen Fußtritt!

Hier geht es nicht ums Spionieren. Spionieren kann jeder Dummkopf. Ein Spion hat ein leichtes, spannendes Leben. Aber bring es erst mal fertig, in einem Straflager zehn Jahre mit Außenarbeiten abzusitzen!

Der Soldat ließ den Karabiner sinken.

Und der Kommandoführer brüllt:

„Zurrrück vom Tor! In Fünferreihen aufstellen!“

Diese Hundesöhne, noch einmal durchzählen! Was soll das jetzt noch? Die Häftlinge fingen wieder an zu grölen. Ihre Wut entlud sich jetzt auf die Begleitmannschaft. Sie schrien und wichen nicht vom Tor zurück.

„Waas?“ brüllt der Kommandoführer. „Wollt ihr hier im Schnee sitzen? Könnt ihr haben. Bis morgen früh bleibt ihr hier!“

Nichts Besonderes, er kann sie hier sitzen lassen. Wie viele Male hat er das schon getan. Sogar liegen mußten sie schon: „Hinlegen! Feuer frei!“ Das alles war schon vorgekommen, das wußten die Häftlinge. Und sie zogen sich langsam vom Tor zurück.

„Zurück! Zurück!“ treiben die Soldaten sie an.

„Was wollt ihr auch so dicht am Tor, Scheißkerle?“ schimpfen die Hintenstehenden mit den Vordermännern. Und weichen unter dem Druck zurück.

„In Fünferreihen aufstellen! Erste! Zweite! Dritte!“

Der Mond leuchtet inzwischen mit voller Kraft. Der rötliche Schimmer hat sich verloren. Er ist schon ein gutes Viertel gestiegen. Der Abend ist hin! ... Verfluchter Moldauer, verfluchte Aufpasser! Verfluchtes Leben!

Die Männer in den vorderen abgezählten Reihen drehen sich um, stellen sich auf Zehenspitzen, um zu sehen – ob in der letzten Reihe nun zwei oder drei Mann stehen werden. Davon hängt jetzt alles ab.

Schuchow kam es schon vor, als seien sie nun plötzlich zu viert. Er erstarrte vor Angst: einer zuviel! Noch einmal abzählen! Aber dann entdeckte er Fetjukow: Dieser Aasjäger hatte beim Kapitän einen Zigarettenstummel geschnorrt und war nicht rechtzeitig in seine Reihe zurückgetreten, daher schien es, als sei einer zuviel.

Der zweite Kommandoführer zog ihm wütend eins über, dem Fetjukow. Gut so!

In der letzten Reihe standen drei Mann. Gott sei Dank!

„Zurücktreten vom Tor!" Die Soldaten treiben die Menge wieder weg.

Aber diesmal schimpfen die Häftlinge nicht, sie sehen: Die Soldaten haben die Wache verlassen und umstehen den Platz jenseits des Tores im Kreis. Jetzt wird man sie also hinauslassen.

Von den freien Vorarbeitern ist keiner zu sehen, auch der Bauführer nicht. Die Männer tragen ihr Holz hinaus.

Das Tor wird weit geöffnet. Dahinter, neben den Holzbarrieren, stehen schon der Kommandoführer und der Kontrollposten:

„Erste! Zweite! Dritte!"

Wenn die Zahl jetzt auch noch stimmt, werden die Wachtposten von den Türmen abgezogen.

Von den entferntesten Türmen aus kann man ganz schön marschieren, bis man um die Bauzone herum ist! Erst wenn der letzte Häftling die Zone verlassen hat und die Zahl stimmt – bekommen die Wachtposten telefonisch Bescheid: abziehen! Und wenn der Kommandoführer schlau ist, läßt er sofort abrücken, er weiß, daß es sinnlos ist zu fliehen und daß die Posten die Kolonne schnell einholen. Aber ein dummer Natschalnik hat Angst, daß er nicht genug Soldaten gegen die Sträflinge zur Verfügung hat, und wartet.

Zu dieser Sorte von Simpeln gehört auch der heutige. Er wartet.

Den ganzen Tag schuften die Häftlinge in der Kälte, den Tod können sie sich holen, so durchfroren wie sie sind. Und jetzt stehen sie noch eine Stunde frierend herum. Aber der Frost setzt ihnen doch nicht so heftig zu wie die Wut: Der Abend ist hin! Jetzt kann man nichts mehr erledigen im Lager.

„Woher kennen Sie die englische Marine so gut?“ fragt jemand in der Nachbarreihe.

„Ja, wissen Sie, ich war fast einen Monat auf einem englischen Kreuzer. Ich hatte dort eine Kajüte für mich. Als Verbindungsoffizier fuhr ich in einem Geleitzug mit. Und stellen Sie sich vor, nach dem Krieg schickte mir der englische Admiral, der Teufel hatte ihn geritten, ein Geschenk zur Erinnerung. ‚Zum Zeichen der Dankbarkeit.‘ Ich habe mich zuerst gewundert und dann geflucht! ... und da – alle in einem Pferch ... Mit Banderaleuten sitzt man hier – kein Vergnügen.“

Seltsam. Wirklich seltsam das alles: die kahle Steppe, die verlassene Bauzone, der Schnee glänzt im Mondlicht. Die Soldaten stehen schon marschbereit – zehn Schritte voneinander entfernt, die Waffe schußbereit. Die schwarze Herde der Häftlinge, und in der schwarzen Wattejacke ein Mann – S-311 –, der sich ein Leben ohne goldene Achselklappen nicht vorzustellen vermochte, der mit einem englischen Admiral verkehrte und jetzt mit Fetjukow Mörtelkästen schleppt.

So ergeht's dem Menschen ...

Na, die ganze Begleitmannschaft war angetreten. Los ging es ohne „Gebet“:

„Schritt marsch! Schneller!“

Nichts da, ihr könnt uns mal – schneller! Die anderen Arbeitskolonnen haben uns doch überholt, also lohnt es nicht, sich zu beeilen. Ohne darüber zu reden, dachten alle Häftlinge dasselbe: Ihr habt uns aufgehalten – jetzt drehen wir den Spieß um. Ihr möchtet genauso gern ins Warme . . .

„Vorwärts marsch!“ schreit der Mannschaftsführer, „vorwärts marsch, Kolonnenführer!“

Denkste – „vorwärts marsch!“ Die Häftlinge gehen langsam, mit gesenktem Kopf wie zur Beerdigung. Wir haben nichts zu verlieren, wir kommen doch als letzte im Lager an. Wenn du uns nicht wie Menschen behandelst – schrei dir doch die Lunge aus dem Leib.

Der Mannschaftsführer wiederholte brüllend sein „Vorwärts marsch!“, aber er wußte: Die Häftlinge gehen nicht schneller. Schießen kann er auch nicht: Sie gehen vorschriftsmäßig in Fünferreihen. Er hat keine Macht, sie schneller voranzutreiben. (Morgens erleichtern die Häftlinge sich das Leben nur dadurch, daß sie langsam zur Arbeit trotten. Wer zu schnell läuft, wird die Haftzeit nicht lebend überstehen – rackert sich ab, macht schlapp.)

Gleichmäßig, korrekt marschiert die Kolonne dahin. Der Schnee knirscht unter den Füßen. Der eine oder andere unterhält sich leise, die übrigen schweigen. Schuchow dachte nach – was hatte er heute früh im Lager nicht mehr erledigt? Dann erinnerte er sich – der Krankenbau! Ein Wunder, über der Arbeit hatte er ihn vollkommen vergessen.

Um diese Zeit ist Sprechstunde in der Krankenbaracke. Er könnte noch zurechtkommen, wenn er das Abendessen aufschiebt. Aber er hat den

Eindruck, als habe das Gliederreißen ganz aufgehört. Temperatur werden sie auch nicht messen ... Wozu Zeit vergeuden! Bisher ist er ohne Doktor ausgekommen. Diese Doktoren kurieren einen doch nur für die Holzkiste. Nicht der Krankenbau lockt ihn jetzt – wie kann man sich noch etwas zum Abendessen organisieren? Er hoffte nur, daß Caesar heute ein Paket bekam, es war schon lange fällig.

Plötzlich war die Kolonne wie verwandelt. Sie begann zu schwanken, geriet aus dem gleichmäßigen Trott, torkelte, die Häftlinge johlten und brüllten. Schon hatten die letzten Reihen, wo Schuchow ging, den Anschluß verloren, setzten sich in Trab, um die andern einzuholen. Dann ein paar Schritte langsamer und wieder im Laufschritt weiter.

Als die letzten die Anhöhe erreicht hatten, sah auch Schuchow, was los war: Rechts von ihnen, weit hinten in der Steppe, ging noch eine schwarze Kolonne, sie kam auf Schuchows Kolonne zu und beschleunigte gleichfalls ihr Tempo, vermutlich hatten die Männer sie entdeckt.

Diese Kolonne, etwa dreihundert Mann, konnte nur aus der Maschinenfabrik kommen. Sie hatten wohl auch Pech gehabt und waren aufgehalten worden. Aber weshalb?

Sie müssen manchmal wegen der Arbeit länger bleiben: wenn eine Maschine nicht rechtzeitig repariert worden ist. Aber ihnen kann es egal sein, sie sitzen den ganzen Tag im Warmen.

Na, jetzt geht es ums Ganze! Die Männer beginnen zu rennen, sie rennen richtig. Die Soldaten haben sich auch in Trab gesetzt, nur der Kommandoführer brüllt unermüdlich:

„Keine Lücken lassen! Von hinten aufschließen! Aufschließen!"

Man sollte dir eine in die Fresse hauen, was kläffst du so? Als ob wir das nicht von selbst wissen!

Alle hatten vergessen, was sie eben noch gesagt, woran sie gedacht hatten, die ganze Kolonne hatte nur den einen Wunsch: Überholen! Die anderen abdrängen!

So ist das Süße mit dem Sauren verquickt, jetzt waren die Soldaten den Häftlingen nicht mehr feind, sondern freund. Denn der Feind – das war die andere Kolonne.

Sofort hatten alle wieder gute Laune, die Wut war verraucht.

„Schneller! Schneller!" rufen die letzten den Vordermännern zu.

Die Kolonne war gerade bis zur Straße vorgestoßen, als die von der Maschinenfabrik hinter der Wohnsiedlung verschwanden. Jetzt ging der Wettlauf blind weiter. Hier auf der Straße kommt die Kolonne auch leichter voran. Und die Soldaten zu beiden Seiten stolpern nicht mehr so oft. Jetzt müssen wir die anderen abhängen!

Vor allem auch deshalb, weil die Kolonne aus der Maschinenfabrik am Lagereingang besonders lange gefilzt wird. Seitdem im Lager ein paar erstochen wurden, vermutet die Leitung, daß die Messer in der Fabrik hergestellt und von dort aus ins Lager geschmuggelt werden. Darum filzen sie die Maschinenfabrik besonders genau. Noch im Spätherbst, die Erde war schon gefroren, hatte man sie angeschrien:

„Schuhe ausziehen, Maschinenfabrik! Schuhe in die Hand nehmen!"

Barfuß wurden sie gefilzt.

Auch bei dieser Kälte picken sie einzelne heraus:

„Los, zieh den rechten Filzstiefel aus! Und du da – den linken!“ Der Häftling zieht ihn aus und muß, auf einem Bein hüpfend, den Filzstiefel umdrehen und den Fußlappen ausschütteln – bitte sehr, kein Messer drin.

Schuchow hatte gehört – er weiß nicht, ob es wahr ist oder nicht –, daß die Arbeiter aus der Maschinenfabrik im vergangenen Sommer zwei Volleyballpfosten ins Lager brachten, in denen sie die Messer versteckt hatten. In jedem zehn lange Dinger. Noch jetzt findet man hin und wieder eins im Lager – mal hier, mal dort.

Fast im Laufschritt geht es am neuen Klubgebäude, an der Wohnsiedlung und der Holzverarbeitungsfabrik vorüber – bis sie rechts einschwenkend auf die Straße zur Lagerwache vorstoßen.

„Hu-hu-hu!“ ruft die Kolonne wie ein Mann.

Auf diese Kreuzung hatten sie es abgesehen! Die Kolonne aus der Maschinenfabrik war etwa hundertfünfzig Meter rechts hinter ihnen geblieben. Na, jetzt konnten sie sich Zeit lassen. Die ganze Kolonne frohlockte. Wie die Hasen in der Fabel: Die Frösche haben Angst vor uns. Da ist das Lager. Nichts hat sich verändert seit heute morgen: Es ist Nacht, die Lichter in der Lagerzone scheinen über den festen Bretterzaun, besonders dicht stehen die Laternen vor der Wache, der ganze Platz zum Filzen ist wie mit Sonnenlicht übergossen.

Aber, kurz vor der Wache . . .

„Halt!“ ruft der zweite Kommandoführer. Und nachdem er seine Maschinenpistole einem Soldaten übergeben hat, läuft er dicht an die Kolonne heran (mit Maschinenpistole ist das verboten). „Alle auf der rechten Seite, die Holz bei sich haben, Holz nach rechts werfen!“

Unterwegs hatten sie es alle offen getragen, er hatte es sehen können. Ein Bündel nach dem andern fliegt zur Seite. Ein paar wollen ihr Holz in der Kolonne verstecken, aber die Nachbarn fahren sie an:

„Deinetwegen nehmen sie uns dann alles weg! Gib es lieber freiwillig ab!"

Wer ist der größte Feind des Häftlings? Der andere Häftling. Wenn die Häftlinge untereinander keinen Streit anfingen, könnte die Lagerleitung nicht so leicht mit ihnen fertig werden.

„Marsch!" schreit der zweite Kommandoführer.

Sie gehen zur Wache.

Vor der Wache laufen fünf Straßen zusammen, vor einer Stunde drängten sich dort noch alle Arbeitskolonnen. Wenn diese Straßen eines Tages alle bebaut sind, wird genau an der Stelle, wo man sie jetzt filzt, das Zentrum der zukünftigen Stadt sein. Und wo sich jetzt immer die Arbeitskolonnen stauen, werden später die Demonstrationszüge zusammentreffen.

Die Aufseher haben in der warmen Wache gesessen. Jetzt kommen sie heraus, stellen sich quer über die Straße.

„Jacken aufknöpfen! Westen aufknöpfen!"

Sie breiten die Arme aus. Wollen die Häftlinge beim Filzen umarmen. Die Seiten abklopfen. Alles in allem dasselbe wie morgens.

Jetzt ist es nicht so schlimm, die Sachen aufzuknöpfen. Gleich geht's nach Hause.

Alle sagen – „nach Hause".

An ein anderes Haus zu denken, haben sie den ganzen Tag keine Zeit gehabt.

Die Spitze der Kolonne wurde schon gefilzt, als Schuchow zu Caesar trat:

„Caesar Markowitsch! Von der Wache aus

laufe ich sofort zur Paketausgabe und stelle mich dort an."

Caesar wandte Schuchow seinen schwarzglänzenden, von unten weiß bereiften Schnurrbart zu:

„Wozu, Iwan Denissytsch? Vielleicht habe ich wieder kein Paket."

„Und wenn schon – das macht mir nichts aus! Zehn Minuten warte ich, und wenn Sie nicht kommen – gehe ich in die Baracke."

(Schuchow denkt sich: Wenn Caesar nichts hat, kommt vielleicht jemand anders, dem er seinen Platz in der Schlange verkaufen kann.)

Anscheinend hat Caesar die Hoffnung auf sein Paket aufgegeben:

„Na schön, Iwan Denissytsch. Lauf hin, stell dich an. Warte zehn Minuten, nicht länger."

Sieh mal an, gleich kommen sie an die Reihe. Heute hat Schuchow nichts zu verstecken, er geht ganz gelassen nach vorn. Gemächlich öffnet er die Wattejacke und die Weste unter dem Segeltuchgurt.

Obwohl er sich nicht entsinnen konnte, heute etwas Verbotenes eingesteckt zu haben, war ihm die Vorsicht in acht Jahren Haft zur Gewohnheit geworden. Er steckte eine Hand in die Hosentasche am Knie – um festzustellen, daß sie leer war, obwohl er es doch genau wußte.

Die Säge, das Stück Sägeblatt war ja drin! Das Sägeblatt, das er heute in der Bauzone gefunden und aufgehoben hatte und gar nicht mit ins Lager nehmen wollte.

Er hatte es nicht vorgehabt, aber da es noch in der Tasche steckte – wäre es schade, das Sägeblatt fortzuwerfen! Man könnte es zu einem Messerchen zurechtschleifen – als Schustermesser oder als Trennmesser für einen Schneider.

Wenn er rechtzeitig daran gedacht hätte, daß er die Säge mitnehmen würde, hätte er sich ein gutes Versteck überlegt. Aber jetzt standen nur noch zwei Reihen vor ihm, eine davon trat gerade zum Filzen an.

Blitzschnell mußte er sich jetzt entschließen: die Säge entweder im Schutz der letzten Fünferreihe unbemerkt in den Schnee zu werfen (wo man sie zwar entdecken, aber nicht wissen würde, wem sie gehört) oder mitzunehmen! Für das Sägeblatt konnte er zehn Tage Bunker bekommen, wenn es als Messer galt.

Aber ein Schustermesserchen bedeutete Verdienst, bedeutete Brot!

Er mochte es nicht wegwerfen.

Schuchow steckte es in den wattierten Fausthandschuh.

Gerade befahlen sie der nächsten Fünferreihe, zum Filzen anzutreten.

Im hellen Lampenschein standen die drei letzten da: Senka, Schuchow und der Bursche, der den Moldauer geholt hatte.

Weil sie nur noch zu dritt waren, fünf Aufseher ihnen gegenüberstanden, konnte er mogeln – sich aussuchen, zu welchem der beiden Aufseher an der rechten Seite er ging. Schuchow nahm nicht den jungen, rotwangigen, sondern den Alten mit dem grauen Schnurrbart. Der Alte war erfahren und hätte natürlich sofort etwas gefunden, wenn er wollte, aber weil er alt war, mußte ihm der Dienst doch wohl zum Hals heraushängen.

Inzwischen hatte Schuchow beide Handschuhe, den leeren und den mit dem Sägeblatt, ausgezogen, hatte sie in eine Hand genommen (den leeren vor den andern, und den Stoffgurt dazu), hatte die Weste ganz hochgeknöpft, die

Schöße der Wattejacke und der Weste willfährig hochgehoben (noch nie war er beim Filzen so beflissen gewesen, jetzt wollte er zeigen, daß er nichts zu verbergen hatte – hier, faß mich an!) –, und auf das Kommando hin trat er vor den Aufseher mit dem grauen Schnurrbart.

Der Aufseher klopfte Schuchow die Seiten und den Rücken ab, schlug einmal auf die Hosentasche am Knie – nichts, drückte einmal die Schöße der Jacke und der Weste zusammen – auch nichts, und drückte noch, um korrekt zu sein, den vorderen Handschuh zusammen – den leeren.

Der Aufseher preßte den Handschuh zusammen, aber Schuchow war es zumute, als würde er innerlich mit Zangen gezwickt. Noch ein Griff nach dem zweiten Handschuh – und er sitzt im Bunker bei dreihundert Gramm pro Tag, warmes Essen erst nach drei Tagen. Er stellte sich vor, wie er dort abmagerte und wie schwierig es für ihn sein würde, den halbwegs erträglichen Zustand – weder hungrig noch satt – wieder zu erreichen.

Inbrünstig, flehentlich betete er leise vor sich hin:

„Herr, errette mich! Bewahre mich vor dem Bunker!"

Alle diese Gedanken durchfuhren ihn, während der Aufseher den einen Handschuh zusammenpreßte und schon nach dem zweiten griff (er hätte sie gleichzeitig mit beiden Händen zusammengedrückt, wenn Schuchow die Handschuhe nicht in einer Hand gehalten hätte). Aber da hörten sie, wie der Oberaufseher, der möglichst schnell fertig werden wollte, den Soldaten zurief:

„Los, die Maschinenfabrik soll antreten!"

Und statt den zweiten Handschuh anzufassen, gab der grauhaarige Aufseher Schuchow ein Zeichen – geh weiter. Und ließ ihn los.

Schuchow rannte hinter den andern her. Sie hatten sich schon zwischen den beiden langen Holzbarrieren, die den Pferdestangen auf dem Markt glichen und gleichsam einen Pferch für die Kolonne bildeten, in Fünferreihen aufgestellt. Er lief leicht, ohne die Erde unter den Füßen zu spüren, und betete auch nicht mehr zum Dank, weil er keine Zeit hatte und es nun nicht mehr nötig war.

Die Begleitmannschaft der Kolonne war zur Seite getreten, um den Soldaten von der Maschinenfabrik den Weg frei zu machen, sie wartete nur noch auf den Kommandoführer. Das Holz, das die Kolonne vor dem Filzen hingeworfen hatte, hatten die Soldaten aufgesammelt, das übrige Holz, das die Aufseher während des Filzens den Häftlingen weggenommen hatten, lag zu einem Haufen aufgeschichtet vor der Wache.

Der Mond war wieder ein Stück gestiegen, die helle Nacht war bitterkalt. Der Kommandoführer, der noch auf der Wache seine Quittung für vierhundertdreiundsechzig Mann in Empfang nehmen mußte, sprach mit Prjacha, einem Helfer Wolkowois, und der rief:

„K-460!“

Der Moldauer, der sich mitten in der Kolonne verkrochen hatte, trat seufzend an die rechte Barriere. Er hielt immer noch den Kopf gesenkt und hatte die Schultern hochgezogen.

„Komm her!“ Prjacha machte eine Handbewegung, er solle um die Barriere herumgehen.

Der Moldauer ging herum. Er mußte die Hände auf den Rücken legen und so stehenbleiben.

Also würden sie ihm Fluchtversuch anhängen. In den Bau stecken.

Kurz vor dem Tor stellten sich rechts und links vom Pferch zwei Wachtposten auf, das Tor, etwa drei Mann hoch, öffnete sich langsam, und das Kommando ertönte:

„In Fünferreihen aufstellen!" („Vom Tor zurücktreten!" war jetzt unnötig, jedes Lagertor geht nach innen auf, damit die Häftlinge es nicht aufsprengen, wenn sie in Massen von innen dagegendrücken.) „Erste! Zweite! Dritte!" Wenn die Häftlinge nach diesem abendlichen Zählappell durchs Lagertor zurückkehren, sind sie erschöpfter, durchgefrorener und ausgehungerter als zu jeder anderen Tageszeit – und der Schlag kochendheißer, dünner Kohlsuppe ist für sie wie Regen in der Dürre – sofort haben sie alles gierig hinuntergeschlungen. Dieser Schlag Suppe bedeutet ihnen jetzt mehr als die Freiheit, mehr als das frühere und das noch bevorstehende Leben.

Wenn die Häftlinge durchs Lagertor einziehen, kommen sie wie Soldaten aus dem Feldzug zurück – lärmend, abgehärtet, selbstbewußt – mach Platz da!

Wenn so ein Drückeberger aus der Stabsbaracke die Woge der Häftlinge auf sich zukommen sieht, bekommt er es mit der Angst zu tun.

Erst nach diesem Zählappell, zum erstenmal seit dem Ausrücken frühmorgens um halb sieben, ist der Häftling ein freier Mensch. Hinter ihm liegen das große Lagertor, die Vorzone, das kleine Tor, auf der Lagerstraße mußte er noch zwei Barrieren passieren – und jetzt zerstreuen sich alle, der eine hierhin, der andere dorthin.

Sie können gehen, aber die Brigadiere werden noch vom Arbeitsleiter festgehalten:

„He, Brigadiere! In die PPA!"

Schuchow rannte an der Gefängnisbaracke vorbei, zwischen den Baracken hindurch – zur Paketausgabe. Caesar ging langsam, würdevoll nach der anderen Seite, wo Häftlinge sich um einen Pfahl drängten; an dem Pfahl war eine Sperrholztafel angebracht und darauf mit Kopierstift die Namen derjenigen notiert, für die heute ein Paket angekommen war.

Im Lager wird nur selten auf Papier geschrieben, meist auf Sperrholz. Es wirkt gleichsam gewichtiger, bestimmter – so auf einem Brett. Filzer und Arbeitsleiter zählen darauf zusammen. Am nächsten Tag wird alles abgekratzt, und man kann wieder darauf schreiben. Einsparung.

Wer tagsüber im Lager bleibt, kann sich auch auf folgende Weise etwas verdienen: liest auf dem Brett, wer ein Paket bekommen hat, kommt ihm auf der Lagerstraße entgegen und teilt ihm die Nummer mit. Zumindest eine Zigarette fällt dabei immer ab.

Schuchow war bei der Paketausgabe angekommen – ein Barackenbau, dem sie noch einen Vorraum angepappt hatten. Der Vorraum hatte keine Außentür, die Kälte drang ungehindert ein – drinnen war es trotzdem etwas erträglicher, denn man hatte ein Dach über dem Kopf.

Im Vorraum standen die Wartenden an der Wand entlang, Schuchow stellte sich hinten an. Etwa fünfzehn Mann vor ihm, das bedeutet mehr als eine Stunde, gerade bis zum Zählappell. Aber von der Kraftwerkkolonne hat noch keiner außer ihm die Liste gelesen, die kommen alle erst nach ihm dran. Und die ganze Maschinenfabrik. Wahrscheinlich müssen die noch einmal, morgen früh, nach ihren Paketen anstehen.

Mit Beuteln und Säckchen stehen sie Schlange. Hinter der Tür dort (Schuchow hat in diesem Lager noch nie ein Paket bekommen, er weiß es aus Gesprächen) werden die Sperrholzkisten mit einem kleinen Beil geöffnet, der Aufseher nimmt eigenhändig alles heraus, kontrolliert. Dies zerschneidet er, das bricht er durch, hier tastet er etwas ab, da schüttet er etwas aus. Wenn etwas Flüssiges dabei ist, in Gläsern oder in Dosen, dann machen sie es auf und gießen es aus – halt die Hände drunter oder ein Handtuch. Die Konservendosen geben sie nicht her, wer weiß, wovor sie Angst haben. Wenn Kuchen, eine Süßigkeit, Wurst oder Fisch im Paket ist, probiert der Aufseher alles. (Versuch nur einmal, dich zu beschweren, dann behauptet er gleich, daß es verboten ist, so etwas zu schicken, und was nicht geschickt werden darf, braucht er nicht herauszugeben. Wer ein Paket bekommt, muß, angefangen beim Aufseher, geben, geben und nochmals geben.) Wenn die Sendung gefilzt ist, geben sie keineswegs die Sperrholzkiste heraus – pack dein ganzes Zeug in den Beutel, meinetwegen auch in den Rockschoß der Wattejacke – und hau ab, der nächste, bitte. Manch einen hetzen sie so, daß er auf dem Packtisch etwas vergißt. Es lohnt nicht, deswegen noch einmal umzukehren. Es liegt nichts mehr da.

Früher, in Ust-Ischma, bekam Schuchow auch Pakete. Aber dann schrieb er von sich aus seiner Frau: Schick nichts mehr, es geht doch verloren, nimm es den Kindern nicht weg.

Obwohl es Schuchow in der Freiheit leichter gefallen war, die ganze Familie zu ernähren als sich jetzt allein, wußte er doch auch, was diese Sendungen kosteten, wußte er, daß man die Familie nicht zehn Jahre lang damit belasten durfte. Also lieber kein Paket mehr.

Obwohl er selbst den Entschluß gefaßt hatte,

peinigte es ihn jedesmal, wenn einer aus der Brigade oder ein Barackennachbar ein Paket bekam (und das passierte fast täglich), er aber nicht. Obwohl er seiner Frau sogar verboten hatte, ihm zu Ostern etwas zu schicken, und er selbst nie zum Anschlagbrett ging, es sei denn für einen reichen Brigadeangehörigen – wartete er manchmal heimlich darauf, daß einer gelaufen kam und sagte: „Schuchow! Wo bleibst du denn? Du hast ein Paket!“

Aber niemand kam ...

Immer seltener gab es einen Anlaß, an das Dorf Temgenjowo und sein Haus dort zu denken ... Das Leben hier beanspruchte ihn vom Wecken bis zum Schlußappell und ließ ihm keine Zeit für müßige Erinnerungen.

Während er hier mit den anderen herumstand, die sich mit der Aussicht trösten konnten, daß sie bald ein Stück Speck zwischen den Zähnen spüren, sich Butter auf die Brotration streichen oder Zucker in den Tee tun würden, hielt ihn nur der Wunsch aufrecht, noch früh genug mit der Brigade in die Kantine zu kommen und die Gemüsesuppe heiß zu essen. Kalt war sie nicht mehr halb soviel wert.

Er nahm an, daß Caesar schon in der Baracke war und sich wusch, wenn sein Name nicht auf der Liste stand. Wenn doch, suchte er jetzt seine Beutel, Plastikbehälter, Packmaterial zusammen. Darum hatte er Schuchow gebeten, zehn Minuten auf ihn zu warten.

Hier in der Schlange hörte Schuchow eine Neuigkeit: In dieser Woche würde es wieder keinen Sonntag geben, sie sparen den Feiertag ein. Er hatte schon damit gerechnet, die anderen auch: Wenn in einen Monat fünf Sonntage fallen, bekommen sie nur drei freie Tage, an den übrigen können sie schuften. Er hatte es erwartet, aber als er es hörte – war er bitter enttäuscht: Wem täte es nicht um den schwerverdienten Sonntag leid? Aber die anderen in der Schlange haben auch recht, die sagen: Den Feiertag können sie uns auch im Lager verderben, irgendwas fällt ihnen schon ein – entweder ist eine Sauna anzubauen, eine Mauer zu errichten, damit ein Durchgang versperrt wird, oder vor den Baracken muß gefegt werden. Dann wieder müssen die Matratzen gewechselt und ausgeschüttelt, die Wanzen auf den Pritschen vernichtet werden. Oder sie denken sich eine Personenkontrolle nach Karteikarten aus. Oder eine Inventur: dann kann man mit seinen Siebensachen den halben Tag im Freien herumstehen.

Am meisten ärgern sie sich anscheinend, wenn die Häftlinge nach dem Frühstück schlafen.

Die Schlange bewegte sich vorwärts, wenn auch nur langsam. Ein paar kamen außer der Reihe dran, ohne jemanden zu fragen, stießen sie den vordersten beiseite – ein Friseur, ein Buchhalter und einer aus der Kultur- und Bildungsabteilung. Keine ordinären Häftlinge, sondern erfahrene Drückeberger, gewiefte Gauner, die immer in der Lagerzone blieben. Für die Häftlinge, die draußen schufteten, waren sie der letzte Dreck (und umgekehrt). Aber mit ihnen Streit anzufangen hatte keinen Zweck: Sie steckten untereinander wie mit den Aufsehern unter einer Decke.

Immer noch standen zehn Mann vor Schuchow, und hinter ihm waren noch sieben hereingekommen – da trat Caesar, leicht gebückt, durch die Türöffnung ein, er trug seine neue Pelzmütze, die er von draußen geschickt bekommen hatte. (Das war auch so eine unklare Sache. Caesar hatte jemanden geschmiert, damit er diese elegante, neue Mütze tragen durfte. Den anderen wurden sogar die abgewetzten Militärmützen abgenommen.) Caesar lächelte Schuchow zu und begann sich sofort mit einem komischen Kerl zu unterhalten, der eine Brille trug und beim Schlangestehen Zeitung las:

„Ah! Pjotr Michalytsch!“

Und – sie begrüßten einander überschwenglich. Der Komische:

„Ich habe gerade die ‚Abendzeitung‘ bekommen, sehen Sie mal! Mit Streifband!“

„Und was gibt's?!“ Caesar steckt seine Nase auch gleich in die Zeitung. Dabei hängt an der Decke nur eine trübe, schwache Glühbirne, wie wollen sie die winzigen Buchstaben entziffern?

„Hier ist eine hochinteressante Besprechung von Sawadskis Premiere! . . .“

Diese Moskauer riechen sich schon von weitem, wie Hunde. Und wenn sie zusammentreffen, beschnuppern sie sich auf ihre Art. Fangen an zu schnattern, einer schneller als der andere. Und wenn sie aufeinander einreden, hört man selten ein russisches Wort heraus – es klingt genauso, als ob sich Letten oder Rumänen unterhalten.

Caesar hat alle seine Beutel bei sich.

„Dann will ich mal . . . Caesar Markowitsch . . .“, nuschelt Schuchow, „kann ich also gehen?“

„Natürlich, natürlich“, Caesar hebt sein schnurrbärtiges Gesicht von der Zeitung hoch, „hinter wem stehe ich denn? Wer ist nach mir dran?“

Schuchow erklärte es ihm, und ohne abzuwarten, ob Caesar ihn ans Abendessen erinnert, fragte er:

„Soll ich das Essen mitbringen?“

(Das bedeutet – aus der Kantine in die Baracke, in der Blechdose. Es ist streng verboten, sie haben schon viele Anordnungen deswegen erlassen. Wenn sie einen schnappen, schütten sie das Essen auf die Erde, der Häftling kommt in den Bunker – trotzdem holen die Häftlinge weiter Essen, denn wer etwas zu erledigen hat, schafft es nie, rechtzeitig mit der Brigade in der Kantine zu sein.)

Er fragte, ob er das Essen mitbringen solle, dachte aber dabei: Du wirst mich doch nicht übers Ohr hauen und mir das Abendessen nicht schenken? Es gibt ja nicht einmal Grütze, nur die dünne Gemüsesuppe! . . .

„Nein, nein", sagte Caesar lächelnd, „iß das Abendessen selbst, Iwan Denissytsch!"

Darauf hatte Schuchow nur gewartet! Wie ein Vogel, den man in die Freiheit entläßt, schoß er aus dem Vorraum hinaus – und rannte durchs Lager.

Die Häftlinge eilen geschäftig hin und her! Einmal hatte der Lagerkommandant folgenden Befehl ausgegeben: Die Häftlinge dürfen nicht einzeln im Lager umhergehen. Wenn möglich, soll die Brigade geschlossen überall hingeführt werden. Wenn wirklich einzelne in den Krankenbau oder zur Latrine müssen – sollen sie Gruppen von vier, fünf Mann bilden, einer aus der Gruppe soll sie als Ältester begleiten, auf sie warten und sie wieder geschlossen in die Baracke zurückbringen.

Der Lagerkommandant klammerte sich hartnäckig an diesen Befehl. Niemand wagte ihm zu widersprechen. Die Aufseher schnappten sich alle, die sie einzeln antrafen, schrieben sie auf und setzten sie in den Bunker – aber die Anordnung erlitt Schiffbruch. Unauffällig, wie sich viele andere laut verkündete Anordnungen selbst liquidieren. Denn wenn einer zum Beispiel zum Operativ gerufen wird – kann ihn nicht ein ganzes Kommando begleiten! Oder wenn jemand seine Lebensmittel in der Ausgabestelle abholen will, was soll ein anderer dabei? Und der dritte möchte in der Kultur- und Bildungsabteilung Zeitungen lesen, wer soll dann mit ihm gehen? Ein anderer wieder muß seine Filzstiefel reparieren lassen, einer in den Trockenraum, einer schnell in die Nachbarbaracke (das war am strengsten untersagt!) – wie soll man sie alle davon abhalten?

Mit dieser Anordnung wollte der Kommandant den Häftlingen ihr letztes bißchen Freiheit nehmen, aber es glückte ihm nicht, diesem dickbäuchigen Angeber.

Unterwegs begegnete Schuchow einem Aufseher und lüftete vorsichtshalber die Mütze. In der Baracke war große Aufregung: Jemandem ist tagsüber seine Ration gestohlen worden, die Männer brüllen den Barackendienst an, der Barackendienst schreit zurück. Die Ecke der Hundertvierten ist leer.

Schuchow ist schon zufrieden mit dem Tag, wenn er nach Rückkehr ins Lager seine Matratze nicht durchwühlt vorfindet, wenn sie die Baracke nicht gefilzt haben.

Schuchow stürzte zu seiner Pritsche, warf im Gehen die Wattejacke von den Schultern. Die Jacke – nach oben, die Handschuhe mit dem Sägeblatt – auch nach oben, er befühlte die Matratze – das Stück Brot von heute morgen lag an seinem Platz! Er freute sich, daß er es eingenäht hatte.

Im Laufschritt wieder hinaus! In die Kantine!

Er raste zur Kantine, ohne einem Aufseher über den Weg zu laufen. Nur Häftlinge kamen ihm entgegengeschlendert, stritten über die Rationen. Draußen ist das Mondlicht noch intensiver geworden. Die Laternen scheinen nur schwach, die Baracken werfen schwarze Schatten. Der Eingang in die Kantine führt über eine breite Vortreppe mit vier Stufen, die Treppe liegt jetzt im Schatten. Oben schwankt eine Laterne, quietscht in der Kälte. Die Glühbirnen schimmern regenbogenfarbig, vielleicht vom Frost, vielleicht vor Dreck.

Es gab noch einen strengen Befehl des Lagerkommandanten: In Zweierreihen sollen die Brigaden die Kantine betreten. Die Anordnung lautete weiter: Vor der Kantine müssen die Brigaden so lange in Fünferreihen stehenbleiben und warten, bis der Kantinendienst sie einläßt.

Den Posten als Kantinendienst behauptete seit langem Chromoi, der Lahme. Mit seinem Hinken hatte er es durchgesetzt, daß er als Invalide registriert wurde, aber stämmig ist er, der Schuft. Er hat sich einen Birkenknüppel angeschafft und prügelt jeden damit die Treppe hinunter, der sie ohne seine Erlaubnis betritt. Natürlich nicht jeden. Chromoi ist gerissen, er erkennt im Dunkeln die Leute von hinten – und schlägt keinen, der ihm selbst in die Visage haut. Er schlägt nur Schwächere. Einmal hat er Schuchow verprügelt.

Der Posten heißt zwar „Kantinendienst". Aber wer sich mit den Köchen versteht – ist in Wirklichkeit ein Fürst!

Heute hatten sie anscheinend alle Brigaden gleichzeitig antreten lassen, oder das Aufstellen dauerte so lange, jedenfalls war die Vortreppe dicht umlagert, auf der Treppe standen Chromoi, Chromois Faktotum und der Kantinenleiter. Ohne Aufseher werden sie mit den Häftlingen fertig, diese Protzkerle.

Der Kantinenleiter ist ein fettes Schwein, ein Kopf wie ein Kürbis, die Schultern ein Arschin* breit. Er hat so viel überschüssige Kraft, daß sein ganzer Körper beim Gehen zu vibrieren scheint, als seien Stahlfedern in Armen und Beinen. Er trägt eine weiße Pelzmütze ohne Nummer, keiner von den Freien besitzt so eine Mütze. Und eine Lammfellweste trägt er, die hat auf der Brust eine winzige Nummer, klein wie eine Briefmarke – ein Zugeständnis an Wolkowoi, dafür hat sie auf dem Rücken keine Nummer. Der Kantinenleiter katzbuckelt vor niemandem, aber alle Häftlinge fürchten sich vor ihm. Tausende von Menschenleben sind ihm ausgeliefert. Einmal wollten sie ihn verprügeln, da sprangen alle Köche zu Hilfe, einer wie der andere eine Gaunervisage.

Schlimm steht es für Schuchow, wenn die Hundertvierte schon durchgelassen ist – Chromoi kennt jeden Häftling im Lager, und wenn der Kantinenmensch neben ihm steht, läßt er einen um nichts in der Welt mit einer anderen Brigade hinein, er macht sich absichtlich einen Spaß daraus.

Hinter seinem Rücken sind sie schon manchmal übers Treppengeländer geklettert, auch Schuchow. Aber heute kann er es nicht riskieren – Chromoi wird ihn so zusammenschlagen, daß er gerade noch in den Krankenbau kommt.

Er muß so nahe wie möglich an die Treppe heran, um im Dunkeln unter all den gleichen schwarzen Wattejacken herauszufinden, ob die Hundertvierte noch hier steht.

Da drängten die Brigaden plötzlich nach vorn, schoben sich gegenseitig vorwärts (was sollten sie anderes tun – bald war Schlußappell) und gingen

* 1 Arschin = 0,711 m.

wie auf eine Festung los – nahmen die erste, die zweite, die dritte, die vierte Stufe, die Menge wälzte sich die Treppe hinauf!

„Halt, Scheißkerle!“ brüllt Chromoi und hebt seinen Knüppel gegen die Vordersten. „Zurück! Sonst schlage ich einen zu Brei!“

„Was können wir dafür“, schreien die, „wenn die von hinten drücken?“

Es stimmt schon, hinten, hinten stehen die Drängler, aber die Vorderen leisten nicht viel Widerstand, meinen, sie kommen so mit Schwung in die Kantine. Da nahm Chromoi seinen Stock quer und hielt ihn den Vordersten wie einen Schlagbaum vor die Brust, und dann stürzte er sich blitzschnell auf sie! Auch Chromois Helfer, das Faktotum, griff nach dem Knüppel, sogar der Kantinenleiter war sich nicht zu schade, sich die Hände dreckig zu machen.

Sie drängten heftig vorwärts, sie hatten Bärenkräfte, weil sie immer Fleisch zu essen hatten – schon waren alle zurückgestoßen! Die Vorderen schoben sie auf die Dahinterstehenden, warfen sie fast wie Garben die Treppe hinunter.

„Verdammter Chromoi . . . den Schädel müßte man dir einschlagen!“ schrien einige aus der Menge, versteckten sich aber sofort. Andere fielen schweigend hin, standen schweigend wieder auf, hastig, damit sie nicht totgetrampelt wurden.

Die Stufen waren leer. Der Kantinenleiter entfernte sich über die Treppe, Chromoi blieb auf der obersten Stufe stehen und sagte in belehrendem Ton:

„In Fünferreihen aufstellen, ihr Schafsköpfe, wie oft soll ich es noch sagen?! Wenn es soweit ist, lasse ich euch durch!“

Schuchow hatte unmittelbar vor der Treppe Senka Klewschins Kopf erspäht, er freute sich schrecklich, also los, er mußte sich nur schnell dorthin durchboxen. Sie standen Rücken an Rükken – na, er hat nicht Kraft genug, sich durchzuschlagen.

„Siebenundzwanzigste!“ ruft Chromoi. „Durchgehen!“

Die Männer sprangen die Stufen hinauf und so schnell es ging zur Tür. Hinter ihnen drängten wieder alle auf die Treppe, und die Hintenstehenden schoben sie vorwärts. Auch Schuchow drückte mit aller Kraft nach vorn. Die Vortreppe zittert, die Laterne darüber quietscht.

„Schon wieder, Mistvieh?“ Chromoi wird wild. Mit seinem Knüppel schlägt er auf die Männer ein, auf die Schultern, auf die Rücken, und stößt den einen auf den andern.

Wieder war die Treppe leer.

Von unten sieht Schuchow – Pawlo ist neben Chromoi die Treppe hinaufgestiegen. Er führt hier die Brigade an, denn Tjurin begibt sich nicht in dieses Gewühl, um sich ja nicht schmutzig zu machen.

„In Fünferreihen aufstellen, Hundertvierte!“ schreit Pawlo von oben. „Kommt nach vorn, Freunde!“

Die Freunde werden dir was blasen!

„Laß mich doch mal durch, du mit dem breiten Rücken! Ich gehör zu der Brigade!“ Schuchow schüttelt einen vor ihm Stehenden.

Der würde ihn gern durchlassen, aber er ist fest eingezwängt.

Die Menge wogt hin und her, sie erdrücken einander fast – nur um ihre Gemüsesuppe zu bekommen. Die Suppe, die ihnen rechtmäßig zusteht.

Da macht Schuchow etwas anderes: Er schwingt sich über das linke Geländer, packt den

Treppenpfosten mit beiden Händen und – hängt in der Luft. Er stößt jemandem gegen die Knie, ein anderer pufft ihn in die Seite, wieder andere fluchen, aber da ist er schon durchgeschlüpft: Mit einem Fuß steht er auf dem Gesims der Vortreppe neben der obersten Stufe und wartet. Da sahen ihn die anderen aus seiner Brigade und streckten ihm die Hände hin.

Der Kantinenleiter, der gerade fortging, warf noch einen Blick aus der Tür:

„Los, Chromoi, noch zwei Brigaden!"

„Hundertvierte!" ruft Chromoi, „und du Vieh, wo willst du denn hin?" Und mit seinem Stock zieht er einem aus einer anderen Brigade eins über.

„Hundertvierte!" schreit Pawlo und läßt sie durchgehen.

„Uff!" Schuchow hatte sich in die Kantine durchgeschlagen. Und ohne abzuwarten, ob Pawlo etwas sagte, macht er sich auf die Suche nach Tabletts, nach unbenutzten.

In der Kantine ist's wie immer – weiße Dampfschwaden an der Tür, dichtgedrängt sitzen die Männer an den Tischen, wie Kerne in der Sonnenblume, andere gehen zwischen den Tischen hindurch, stoßen sich gegenseitig, bahnen sich mit dem vollbeladenen Tablett einen Weg. Aber Schuchow ist dieses Bild seit Jahren vertraut, mit seinem scharfen Blick sieht er sofort: S-208 hat nur fünf Schüsseln auf seinem Brett, also ist es das letzte für seine Brigade, denn sonst hätte er es vollgestellt. Schuchow holt ihn ein und sagt ihm von hinten ins Ohr:

„Freundchen! Nach dir bekomme ich das Tablett!"

„Aber am Schalter wartet schon jemand, ich habe ihm versprochen ..."

„Soll er warten, bis er schwarz wird!"

Sie einigten sich.

Der Häftling trug seine Schüsseln an den Tisch, lud das Tablett ab, Schuchow ergriff es, da kam auch schon der andere vom Schalter gerannt und hielt das Brett an der anderen Seite fest. Er war schmächtiger als Schuchow. Schuchow drückte ihn mit dem Tablett in die Richtung, in die er zog, er flog gegen einen Pfosten, die Hände ließen das Brett fahren. Schuchow – das Tablett unter den Arm und ab zur Essenausgabe.

Pawlo steht in der Schlange vor dem Schalter, wartet auf die Tabletts. Er freut sich:

„Iwan Denissowitsch!" und stößt den vor ihm stehenden Hilfsbrigadier der Siebenundzwanzigsten beiseite: „Laß mich vor! Was stehst du hier herum? Ich habe Tabletts!"

Sieh mal, auch Goptschik, dieser kleine Spitzbude, schleppt ein Tablett an.

„Sie standen dumm herum", sagt er lachend, „da habe ich mir eins genommen."

Goptschik wird eines Tages ein gewiefter Lagerfuchs. Seine drei Jahre muß er noch in die Lehre gehen, sich noch auswachsen – dann wird er's mindestens zum Brotverteiler bringen.

Pawlo übergab das zweite Tablett Jermolajew, einem kräftigen Sibirier (er hatte ebenfalls wegen Kriegsgefangenschaft seine zehn Jahre bekommen). Goptschik sollte inzwischen ausfindig machen, welcher Tisch gerade mit dem „Nachtmahl" fertig war. Schuchow stellte sein Tablett mit einer Ecke auf das Schalterbrett und wartete.

„Hundertvierte!" meldet Pawlo durchs Fensterchen.

In dieser Kantine gibt es fünf Schalter: drei für allgemeine Essenausgabe, einen für die, die auf der Krankenliste stehen (etwa zehn Magenkranke, und durch Schiebung die ganze Buchhaltung), dann noch einen für die Geschirrückgabe (vor diesem Schalter prügeln sie sich darum, wer die Schüsseln auslecken darf). Die Schalteröffnungen sind nicht hoch, kaum über Gürtelhöhe. Man kann die Köche nicht sehen, nur ihre Hände und die Kellen.

Der Koch hat gepflegte weiße Hände, sie sind behaart, kräftig. Er ist der reinste Boxer, aber kein Koch. Mit seinem Bleistift notiert er auf der Liste an der Wand:

„Hundertvierte – vierundzwanzig!"

Pantelejew kam auch in die Kantine geschlichen. Er ist gar nicht krank, dieser Hund.

Der Koch nahm eine kolossale Drciliterkelle und rührte damit im Kübel herum (er hatte einen frischgefüllten, fast vollen Kübel vor sich stehen, aus dem der Dampf quoll). Und nachdem er statt der großen die 750-Gramm-Kelle gegriffen hatte, begann er die Suppe auszuteilen, ohne tief in den Kübel einzutauchen.

„Eins, zwei, drei, vier . . ."

Schuchow paßte genau auf, in welche Schüsseln er auch Dickes einfüllte, das sich noch nicht wieder auf dem Grund des Kübels abgesetzt hatte, und welche nur Wasser enthielten – wie eine Fastensuppe. Er stellte zehn Schüsseln auf sein Brett und trug sie weg. Goptschik winkte ihm vom zweiten Pfosten her zu:

„Hierher, Iwan Denissytsch, hierher!"

Mit den Schüsseln darf man nirgendwo anstoßen. Schuchow setzt vorsichtig einen Fuß vor den andern, damit das Tablett ja nicht wackelt, aber sein Mundwerk arbeitet um so schneller:

„He du, H-920! . . . Paß auf, Alter! . . . Aus dem Weg, Junge!"

Eine einzige Schüssel durch dieses Gewühl zu

tragen, ohne was zu verschütten, ist schon eine Kunst, und er hat zehn! Als er das Brett ganz sacht auf dem Tischende abstellt, das Goptschik freigehalten hat, sind keine frischen Spritzer darauf zu sehen. Nebenbei achtet er darauf, wie er das Brett hinstellt, damit die beiden Schüsseln mit der dicksten Suppe direkt vor seinem Platz stehen.

Jermolajew brachte auch zehn Schüsseln. Dann lief Goptschik zum Schalter und trug mit Pawlo die letzten vier Schüsseln an den Tisch.

Kilgas brachte das Brot auf einem Tablett. Heute bekamen sie entsprechend ihrer Arbeitsleistung – der eine zweihundert, der andere dreihundert, Schuchow vierhundert Gramm. Er nahm seine Ration, einen Kanten, und für Caesar zweihundert, ein Mittelstück.

Jetzt strömen auch die anderen aus der Brigade herbei, um ihr Essen in Empfang zu nehmen – setz dich irgendwohin und löffel deine Suppe. Schuchow verteilt die Schüsseln, merkt sich, wer schon seine Portion bekommen hat, und behält seine Ecke auf dem Tablett im Auge. In eine seiner Schüsseln hat er den Löffel eingetaucht – die ist also vergeben. Fetjukow hat als einer der ersten seine Schüssel genommen und ist weggegangen: Er hat sich ausgerechnet, daß er in der Brigade jetzt nichts ergattern wird, und geht lieber durch die Kantine, um nach Resten Ausschau zu halten (wenn einer die Schüssel beiseite schiebt, ohne sie leer zu essen – stürzt sich sofort jemand wie ein Geier darauf, oft mehrere gleichzeitig).

Schuchow und Pawlo zählten die Portionen nach, es stimmte wohl. Für Andrej Prokofjewitsch hob Schuchow eine Schüssel mit dicker Suppe auf, Pawlo goß sie um in ein schmales deutsches Kochgeschirr mit Deckel: Wenn man es fest an die Brust drückt, kann man's unter der Wattejacke gut hinausschmuggeln.

Sie gaben die Tabletts weiter. Pawlo setzte sich vor seinen doppelten Schlag und Schuchow vor seine zwei Schüsseln. Sie sagten beide nichts mehr, der feierliche Augenblick war gekommen.

Schuchow nahm die Mütze ab, legte sie auf die Knie. Prüfend fuhr er mit dem Löffel durch die eine Schüssel, dann durch die zweite. Ganz gut, sogar Fisch ist drin. Abends ist die Suppe immer noch wässriger als morgens: Morgens müssen die Häftlinge etwas Vernünftiges in den Bauch bekommen, damit sie arbeiten, abends schlafen sie auch so ein.

Er begann zu essen. Zuerst trank er die Flüssigkeit einfach ab. Wie die Wärme den ganzen Körper durchströmte – er zitterte innerlich vor Gier. Gu-ut! Das ist der kurze Augenblick, für den der Sträfling lebt!

Jetzt gibt es nichts, was Schuchow ärgern könnte: weder die lange Haftzeit noch der lange Arbeitstag, noch die Aussicht, daß der nächste Sonntag wieder ausfällt. Jetzt denkt er: Wir werden's überstehen! Wir werden alles überstehen, so Gott will, wird alles ein Ende haben!

Nachdem er die heiße Flüssigkeit von beiden Schüsseln abgetrunken hatte, schüttete er den Rest aus der einen in die andere Schüssel um und kratzte sie noch mit dem Löffel aus. So konnte er ruhiger essen, brauchte nicht immer an die zweite Portion zu denken und mußte sie nicht mit den Augen oder einer Hand hüten.

Seine Augen, die nicht mehr beschäftigt waren, schielten heimlich auf die Schüsseln der Nachbarn. Der links neben ihm hatte nur Wasser abgekriegt. Schweinehunde, diese Köche! Sie sind doch Häftlinge wie wir – und tun so etwas!

Dann aß Schuchow den Kohl mit dem Rest der Flüssigkeit. In beiden Schüsseln hatte er nur eine Kartoffel gefunden – und zwar in Caesars Schlag. Eine mittelgroße Kartoffel, natürlich gefroren, süßlich, und mit einer harten Stelle. Fisch hatte er fast gar nicht abbekommen, nur ein paar magere Gräten schwammen in der Suppe. Jedes Stückchen Gräte, jede Flosse muß man zerkauen und den Saft heraussaugen – der Saft ist gesund. Für das alles braucht man natürlich Zeit, und Schuchow hat es heute nicht mehr eilig, heute ist ein richtiger Feiertag für ihn: zum Mittagessen zwei Schläge organisiert und zum Abendessen auch. Dafür kann man andere Dinge ruhig aufschieben.

Nur noch beim Letten den Tabak holen. Morgen früh hat er vielleicht keinen mehr.

Schuchow aß die Suppe ohne Brot: Zwei Portionen mitsamt dem Brot – das wäre zu üppig, das Brot hebt er für morgen auf. Der Magen ist ein Gauner, vergangene Wohltaten vergißt er schnell, morgen bettelt er wieder.

Schuchow aß seine Suppe auf, ohne besonders auf die andern am Tisch zu achten, weil es nicht notwendig war: Mehr brauchte er wirklich nicht, er hatte seine Portionen. Trotzdem bemerkte er, wie ihm gegenüber ein Platz frei wurde und ein hochgewachsener alter Mann, J-81, sich hinsetzte. Schuchow wußte, daß er zur vierundsechzigsten Brigade gehörte. Beim Anstehen vor der Paketausgabe hatte er gehört, daß die Vierundsechzigste heute statt der Hundertvierten in die Sozsiedlung gegangen war und den ganzen Tag, ohne Wärmepause, Stacheldraht gezogen – sich mit eigenen Händen die Arbeitszone eingezäunt hatte. Schuchow hatte gehört, daß dieser Alte schon wer weiß wie lange in Lagern und Gefängnissen saß und nie unter eine Amnestie gefallen war. Wenn er zehn Jahre abgesessen hatte, brummten sie ihm die nächsten zehn auf.

Jetzt sah Schuchow ihn einmal aus der Nähe. Im Gegensatz zu den anderen, von der Lagerarbeit gebeugten Männern hielt er seinen Rücken gerade, und am Tisch schien es, als habe er sich noch etwas untergelegt, um höher zu sitzen. Sein kahler Schädel brauchte schon lange nicht mehr geschoren zu werden – die Haare waren ihm von dem guten Leben ausgegangen. Die Augen des Alten verfolgten nicht unruhig, was in der Kantine geschah, sondern sahen über Schuchow hinweg starr ins Leere. Langsam aß er die Wassersuppe mit einem schartigen Holzlöffel, er beugte den Kopf dabei nicht wie die andern über die Schüssel, sondern hob den Löffel zum Mund. Weder oben noch unten hatte er auch nur einen einzigen Zahn: Die verknöcherten Kiefer zerkauten das Brot. Sein Gesicht war ausgemergelt, aber es wirkte nicht wie das eines schwachen, abgestumpften Invaliden, sondern wie aus dunklem Stein gehauen. Seinen großen Händen, schwarz und rissig geworden, sah man an, daß er in all den Jahren selten müßig gesessen hatte. Aber eine Kraft steckt in ihm, eine Unnachgiebigkeit: Seine dreihundert Gramm Brot legt er nicht wie die andern auf den schmutzigen Tisch mit den Suppenflecken, sondern auf ein sauberes Läppchen.

Schuchow hatte keine Zeit, sich länger in seinen Anblick zu vertiefen. Als er aufgegessen hatte, den Löffel sauber abgeleckt und in den Filzstiefel gesteckt, zog er die Mütze fest über den Kopf, stand auf, nahm die beiden Brotrationen, seine und Caesars, und ging hinaus. Der Ausgang führte über eine andere Treppe, dort standen noch zwei Mann, die nur damit beschäftigt waren, den Türhaken aufzumachen, die Männer hinauszulassen und den Haken wieder aufzulegen.

Mit vollem Bauch, höchst zufrieden, ging Schuchow hinaus und beschloß, schnell noch zum Letten zu laufen, obwohl schon bald Zapfenstreich war. Ohne das Brot erst in die Baracke neun zu bringen, hastete er mit langen Schritten in die Richtung der Nummer sieben.

Der Mond stand ganz hoch am Himmel, wie ausgeschnitten, rein, weiß. Der Himmel war wolkenlos. Hier und da Sterne – strahlend hell. Aber Schuchow hatte jetzt erst recht keine Zeit, auf den Himmel zu starren. Eins war ihm klar, daß der Frost noch nicht nachließ. Ein paar Häftlinge hatten von den Freien gehört: Das Radio meldet für den Abend dreißig Grad, für den Morgen – bis zu vierzig.

Alle Geräusche waren weit zu hören: Irgendwo in der Siedlung brummte ein Traktor, und von der Chaussee heulte ein Bagger herüber. Und jedes Paar Filzstiefel – wo immer jemand durchs Lager ging oder rannte – knirschte laut auf dem Schnee.

Der Wind hatte sich gelegt.

Den Eigenbau mußte Schuchow kaufen, wie immer – einen Rubel das Glas, obwohl draußen das Glas drei Rubel oder sogar mehr kostete, je nach der Sorte. Die Preise im Straflager ließen sich mit den üblichen nicht vergleichen, weil man hier eigentlich kein Geld besitzen durfte, nur wenige hatten welches, und das war sehr kostbar. In diesem Lager wurde für die Arbeit kein roter Heller gezahlt (in Ust-Ischma hatte Schuchow wenigstens dreißig Rubel pro Monat erhalten). Wenn Verwandte einem Häftling Geld mit der Post überwiesen, bekam er es nicht ausgezahlt, sondern nur auf ein persönliches Konto eingezahlt. Von diesem Konto durfte man einmal im Monat in der Kantine Toilettenseife, verschimmelte Lebkuchen und Zigaretten Marke „Prima" kaufen. Ob einem die Waren gefallen oder nicht, man muß für das Geld kaufen, was man beim Kommandanten beantragt hat. Wenn man nichts kauft, verfällt das Geld, da es schon abgebucht ist.

Schuchow kam nur durch Nebenarbeit zu Geld: aus Lappen ein Paar Handschuhe nähen – zwei Rubel, eine Weste flicken – nach Vereinbarung.

Die Baracke sieben ist anders gebaut als die Nummer neun, sie besteht nicht aus zwei großen Räumen. Die Sieben hat einen langen Korridor mit zehn Türen, in jedem Zimmer liegt eine Brigade, sie sind mit sieben zweistöckigen Doppelpritschen vollgestopft. Dann gibt es noch einen winzigen Raum neben der Latrine und den Raum des Barackenältesten. In dem winzigen Raum hausen die Maler.

Schuchow betrat das Zimmer, wo der Lette wohnte. Der Lette liegt auf einer unteren Pritsche, die Beine hoch, die Füße auf dem Querbrett, und unterhält sich laut lachend mit einem Nachbarn auf lettisch.

Schuchow setzt sich zu ihm. Guten Tag. Guten Tag. Der Lette nimmt die Beine nicht runter. Das Zimmer ist klein, alle hören sofort zu – wer da gekommen ist, weshalb. Sie wissen es beide, und darum sitzt Schuchow da und druckst herum: Na, wie geht's denn? Ganz gut. Kalt heute. Ja.

Schuchow wartete so lange, bis alle sich wieder ihren eigenen Gesprächen zuwandten (sie stritten sich über den Koreakrieg: ob ein Weltkrieg daraus entstehen würde, weil die Chinesen in den Krieg eingegriffen hatten), und beugte sich zu dem Letten hinunter:

„Hast du Eigenbau?"

„Ja."

„Zeig her."

Der Lette nahm die Beine vom Bett, ließ sie auf den Boden hinabhängen, richtete sich ein wenig auf. Ein Knauser, dieser Lette, wie er das Glas füllt – er hat immer Angst, er könnte einen Krümel zuviel hineintun.

Er zeigte Schuchow den Tabaksbeutel, zog ihn auseinander. Schuchow nahm eine Prise auf die flache Hand, sah sofort: Der gleiche wie das letzte Mal, schön braun und derselbe Schnitt. Er hielt ihn unter die Nase, schnupperte daran – es stimmte. Zum Letten sagte er:

„Wohl andrer."

„Der gleiche! Der gleiche!" erwiderte der Lette empört, „ich habe nie eine andere Sorte, immer diese."

„Na gut", sagte Schuchow zustimmend, „stopf mir ein Gläschen voll, ich probier ihn mal, vielleicht nehme ich dann noch eins."

Er hatte mit Absicht „stopf mal" gesagt, weil der Lette den Tabak immer so ängstlich einschüttete.

Der Lette zog unter dem Kopfkissen einen zweiten Tabaksbeutel hervor, praller gefüllt als der andere, und nahm einen Becher aus dem Nachttisch. Obwohl es ein Plastikbecher war, entsprach er Schuchows Glas, es ging genausoviel hinein wie in ein geschliffenes Glas.

Der Lette schüttete den Tabak hinein.

„Drück mal ein bißchen fest, du, drück mal ordentlich!" Schuchow fährt ihm mit dem Finger dazwischen.

„Weiß ich allein!“ Der Lette reißt ihm erbost den Becher weg und drückt ein wenig, aber nicht sehr stark. Dann schüttet er weiter. Unterdessen knöpfte Schuchow sich die Weste auf und tastete von innen nach einem Stückchen Papier unter der Futterwatte, das nur er fühlen konnte. Mit zwei Fingern schob und drückte er es unter der Watte entlang bis zu einem kleinen Loch, das er an einer anderen Stelle eingerissen und notdürftig mit zwei Stichen zugenäht hatte. Als das Papier sich unter dem Loch befand, zerriß er den Faden mit den Fingernägeln, legte das Papier noch einmal doppelt zusammen (es war der Länge nach gefaltet) und zog es durch das Loch heraus. Zwei Rubel. Alte Scheine, die nicht mehr knisterten.

Die anderen im Zimmer brüllten aufeinander ein:

„Der Alte mit dem Schnurrbart wird euch helfen! Er mißtraut ja seinem leiblichen Bruder und euch erst recht, ihr Idioten!“

Das Gute am Straflager ist, daß man sich hier Luft machen kann. In Ust-Ischma brauchtest du bloß zu flüstern, draußen gäbe es keine Streichhölzer, und schon bekamst du Bunker oder noch mal zehn Jahre. Hier aber – schrei von der obersten Pritsche hinunter, was du willst – die Spitzel tragen's nicht weiter, der Politoffizier winkt bloß ab.

Aber hier bleibt einem auch nur wenig Zeit zum Räsonieren ...

„He, sei nicht so kleinlich“, beschwerte sich Schuchow.

„Meinetwegen! Da!“ Der andere legte noch eine Prise drauf.

Schuchow zog seinen Tabaksbeutel aus der Innentasche und schüttete den Eigenbau aus dem Becher hinein.

„Na schön“, er hatte sich endlich entschlossen, weil er die erste, langersehnte Zigarette nicht draußen, im Laufen, rauchen wollte. „Füll noch einen.“

Nachdem er sich noch eine Weile mit dem Letten herumgestritten hatte, schüttete er auch den zweiten Becher in den Tabaksbeutel, gab zwei Rubel, nickte zum Abschied und ging hinaus.

Draußen setzte er sich wieder in Trab und rannte zur eigenen Baracke. Damit er Caesar nicht verpaßt, wenn der mit dem Paket zurückkommt. Aber Caesar saß schon unten auf seiner Pritsche und war in sein Paket vertieft. Was er mitgebracht hatte, lag auf Bett und Kasten herum, doch das Lampenlicht fiel nicht direkt darauf, die Lampe wurde von dem Brett an Schuchows oberer Pritsche verdeckt, unten war es dämmrig. Schuchow trat gebückt zwischen die Pritschen des Kapitäns und Caesars und streckte die Hand mit der Abendration aus:

„Ihr Brot, Caesar Markowitsch!“

Er sagte nicht: „Na, haben Sie es bekommen?“, weil er Caesar nicht daran erinnern wollte, daß er für ihn angestanden und nun ein Recht auf seinen Anteil hatte. Er wußte es ja auch so. Aber Schuchow war kein Aasjäger, auch nach acht Jahren Außenarbeit nicht – und je länger, desto besser wußte er sich zu beherrschen.

Aber über seine Augen hatte er keine Gewalt. Seine Augen, die Raubvogelaugen des Lagerhäftlings, hatten im selben Augenblick alles überflogen und registriert, was auf dem Bett und dem Nachttischkasten lag, und obgleich die Sachen noch nicht ausgepackt, die Beutel noch zugeschnürt waren, hatte Schuchow mit seinem schnellen Blick und einem bestätigenden Schnuppern unwillkürlich erfaßt, was Caesar bekommen hatte: Wurst, Dosenmilch, einen dicken Räucherfisch, Speck, duftenden Zwieback, Gebäck, das wieder anders roch, etwa zwei Kilo Würfelzucker und vermutlich Butter, außerdem Zigaretten, Pfeifentabak und noch verschiedenes mehr.

Das alles hatte er in dem kurzen Augenblick erfaßt, während er sagte:

„Ihr Brot, Caesar Markowitsch!"

Aber Caesar, der aufgeregt, mit zerwühltem Haar, wie ein Betrunkener dasaß (jeder, der ein Lebensmittelpaket bekommt, verändert sich so), wollte vom Brot nichts wissen:

„Behalt's doch, Iwan Denissytsch!"

Erst die Suppe und nun auch noch zweihundert Gramm Brot – das war ein komplettes Abendessen und Schuchows reichlicher Anteil an Caesars Paket. Wie auf Kommando hörte Schuchow auf, sich noch auf einen von Caesars herumliegenden Schätzen Hoffnung zu machen. Nichts ist schlimmer, als den Bauch zu reizen, und dann noch vergebens.

Er hat vierhundert Gramm Brot, noch zweihundert dazu, und in der Matratze sind mindestens noch zweihundert. Genug. Zweihundert kann er jetzt noch verdrücken, morgen früh wird er fünfhundertfünfzig herausschinden, die vierhundert nimmt er zur Arbeit mit – was für ein Leben! Das Brot in der Matratze soll ruhig liegenbleiben. Gut, daß Schuchow es eingenäht hat – in der Fünfundsiebzigsten haben sie Brot aus einem Nachttisch geklaut – dann beschwer dich, wo du willst.

Viele denken: Wer ein Paket bekommen hat – ist ein praller Sack, den kann man ruhig ausnehmen. Aber man muß einmal überlegen, daß alles ebenso schnell weg ist, wie es gekommen ist. Und ehe so jemand sein Paket hat, ist auch er froh, wenn er sich eine Grütze dazuverdienen kann. Oder eine Zigarette schnorren. Dann muß er dem Aufseher, dem Brigadier, vor allem dem Drückeberger in der Paketausgabe etwas zustecken. Sonst rückt der beim nächsten Mal das Paket nicht raus, und du kannst eine Woche lang warten, bis es auf der Liste steht. Und der Kalfaktor im Magazin, der alle Lebensmittel aufbewahrt und zu dem Caesar morgen früh vor dem Ausmarsch in einem Sack seine Sachen tragen wird (wegen der Diebe, wegen der Filzerei und weil der Kommandant es so angeordnet hat) – diesem Kerl muß man ordentlich was zustecken, sonst bedient er sich selbst und zwackt einem nach und nach noch viel mehr ab. Den ganzen Tag sitzt er im Magazin, diese Ratte, eingeschlossen mit den Lebensmitteln der anderen, wie soll man ihn da kontrollieren? Und jemand wie Schuchow, der einem kleine Gefälligkeiten erweist. Und der Badegehilfe, der ihm außer der Reihe anständige Wäsche zustecken soll – wenigstens etwas muß auch er bekommen! Und der Friseur, der ihn mit Papier rasiert (das heißt, die Klinge an einem Stückchen Papier, nicht am nackten Knie des Häftlings abwischt) – viel hin, viel her, aber seine drei, vier Zigaretten muß auch er bekommen! Und die Kultur- und Bildungsabteilung, damit die Briefe dort extra aufbewahrt werden und nicht verlorengehen! Und wenn man sich einen Tag drücken will, im Lager bleiben und sich ausruhen, muß man etwas für den Arzt haben. Und der Nachbar, der am selben Kasten seine Ration ißt, so wie der Kapitän neben Caesar – soll der leer ausgehen? Er zählt dir doch jeden Bissen nach. Und wenn du noch so abgebrüht bist, du wirst ihm etwas abgeben.

Mag doch der neidisch sein, der immer meint, der andere habe den dickeren Rettich erwischt. Schuchow aber kennt das Leben und ist nicht gierig auf anderer Leute Eigentum.

Unterdessen hatte er die Filzstiefel ausgezogen, war auf seine Pritsche hinaufgeklettert, zog das Stück Sägeblatt aus dem Handschuh, betrachtete es und beschloß, sich morgen einen guten Stein zu suchen, um es zu einem Schustermesser zurechtzuschleifen. Wenn er sich morgens und abends daransetzte, konnte er in rund vier Tagen ein feines Messerchen daraus machen, mit scharfer, gebogener Klinge.

Aber vorläufig, bis morgen früh, mußte er das Ding gut verstecken. In die Fuge unter dem Querbalken seiner Pritsche schieben. Solange der Kapitän noch nicht hier war, ihm also kein Dreck aufs Gesicht rieselte, konnte Schuchow die schwere Matratze am Kopfende hochheben, die nicht mit Sägespänen, sondern mit Sägemehl gestopft war – und das Sägeblatt verstecken.

Seine Nachbarn oben sahen es natürlich: Aljoschka, der Baptist, und die beiden Esten auf der gegenüberliegenden Seite. Aber von ihnen brauchte Schuchow nichts zu befürchten.

Fetjukow ging laut heulend durch die Baracke. Zusammengekrümmt. Der Mund blutverschmiert. Beim Schüsseleinsammeln hatten sie ihn also wieder verprügelt. Ohne jemanden anzusehen oder seine Tränen zu verbergen, ging er an der ganzen Brigade vorüber, kletterte auf seine Pritsche und vergrub das Gesicht in der Matratze.

Eigentlich konnte er einem leid tun. Er wird seine Zeit hier nicht lebend überstehen. Er versteht es nicht, sich durchzusetzen.

Da kommt der Kapitän, gutgelaunt, bringt in seiner Blechdose besonders guten Tee mit. In der

Baracke stehen zwei Fässer mit Tee, aber was für Tee! Eine lauwarme, dünne Brühe, die nach dem Faß riecht – nach fauligem, feuchtem Holz. Das ist der Tee für die einfachen „Arbeiter". Na ja, Buinowski hat sich wohl von Caesar eine Handvoll richtigen Tee geholt und ist zur Heißwasserstelle gelaufen. Er sieht ganz zufrieden aus, macht es sich an seinem Kasten bequem.

„Beinah hätte ich mir die Finger am kochenden Wasser verbrüht!" prahlt er. Dort unten faltet Caesar jetzt einen Bogen Papier auseinander, legt etwas darauf, noch etwas, Schuchow hat die Matratze wieder hingelegt, um nichts mehr zu sehen, sich nicht die Laune zu verderben. Aber ohne Schuchow klappt es wieder einmal nicht. Caesar erhebt sich im Durchgang zu seiner vollen Größe, seine Augen sind gerade in Schuchows Höhe, er zwinkert ihm zu.

„Denissytsch! Da . . . gib mir mal die zehn Tage!"

Das bedeutet, gib mir mal das kleine Klappmesser. Schuchow besitzt so eins, er hat es auch in der Holzfuge versteckt. Das Messerchen ist immer noch kleiner als ein Finger, den man im mittleren Gelenk abknickt. Aber es schneidet wie der Teufel fünf Finger dicken Speck. Schuchow hat das Messer selbst gemacht, hat es in den Griff eingesetzt und schleift es eigenhändig nach.

Er zog das Messer heraus und gab es Caesar. Der nickte und verschwand nach unten.

So ein Messer ist auch eine Verdienstquelle. Auf seinen Besitz steht Bunker. Nur wer gar kein Gewissen hat, sagt einfach: Gib mir mal dein Messer, ich will Wurst schneiden, und sonst kannst du durch die Röhre gucken.

Jetzt stand Caesar wieder in Schuchows Schuld.

Nachdem Schuchow Brot und Messer versteckt hatte, zog er seinen Tabaksbeutel hervor. Er nahm eine Prise Tabak heraus, genauso groß wie die geliehene, und reichte sie dem Esten über den Gang hinüber: vielen Dank. Der Este verzog den Mund zu einem Lächeln, sagte brummend etwas zu seinem Freund, dann drehten sie sich eine Zigarette – um zu probieren, wie Schuchows Tabak schmeckt.

Nicht schlechter als eurer, wohl bekomm's! Schuchow würde ihn selbst gern ausprobieren, aber eine Uhr in seinem Innern sagte ihm, daß der Zapfenstreich kurz bevorstand. Immer um diese Zeit schlichen die Aufseher durch die Baracken. Wenn man jetzt rauchen will, muß man auf den Gang hinausgehen, aber Schuchow scheint es oben, auf seinem Bett, fast warm zu haben. Obwohl es in der Baracke gar nicht warm ist, an der Decke zieht sich immer noch die schneeweiße Reifschicht entlang. Nachts kann man wieder vor Kälte schlottern, aber vorläufig ist es noch erträglich.

Während Schuchow langsam kleine Brocken von seinen zweihundert Gramm Brot abbrach, hörte er unwillkürlich, wie der Kapitän sich beim Teetrinken mit Caesar unterhielt.

„Essen Sie, Kapitän, essen Sie, genieren Sie sich nicht! Nehmen Sie vom Räucherfisch. Von der Wurst hier."

„Danke, danke."

„Streichen Sie Butter aufs Weißbrot! Ein richtiges Moskauer Stangenbrot!"

„Eijeijei, kaum zu glauben, daß irgendwo noch solches Brot gebacken wird. Wissen Sie, dieser plötzliche Überfluß erinnert mich an ein Erlebnis. Ich war einmal in Archangelsk . . ."

Die Baracke war erfüllt von dem Lärm, den

zweihundert Menschen verursachen, trotzdem meinte Schuchow, die Hammerschläge gegen die Eisenschiene herauszuhören. Aber niemand achtete darauf. Dann bemerkte Schuchow noch etwas: Der Aufseher Kurnosenki – ein winziger Bursche mit rotem Gesicht – betrat die Baracke. Er hielt ein Papier in der Hand, und daran und auch an seinem Verhalten war zu erkennen, daß er keine Raucher aufstöbern und niemanden zum Appell hinausjagen wollte, sondern jemanden suchte.

Kurnosenki studierte sein Papier und fragte dann:

„Wo ist die Hundertvierte?"

„Hier", wurde ihm geantwortet. Die Esten versteckten ihre Zigarette und fächelten den Rauch auseinander.

„Und der Brigadier?"

„Na?" fragte Tjurin von seiner Pritsche, ohne die Füße richtig auf den Boden zu stellen.

„Sind die Erklärungen geschrieben worden?"

„Die Männer schreiben noch!" antwortete Tjurin bestimmt.

„Sie hätten sie schon abgeben sollen."

„Meine Leute können schlecht lesen und schreiben, schwierige Sache für sie. (Er sprach von Caesar und dem Kapitän. Der Brigadier ist wirklich ein toller Bursche, niemals um ein Wort verlegen.) Sie haben keine Federhalter, keine Tinte."

„Müssen sie aber haben."

„Wird alles weggenommen!"

„Sieh dich vor, Brigadier, wenn du noch viel redest – kassier ich dich auch ein!" versprach Kurnosenki ganz freundlich. „Aber morgen vor dem Ausmarsch müssen die Zettel im Aufseherraum sein! Und eine Quittung, daß die verbotenen Kleidungsstücke alle in der Effektenkammer abgegeben sind. Klar?"

„Alles klar."

(Der Kapitän hat Schwein gehabt! dachte Schuchow. Der Kapitän selbst hört von alldem nichts, er ist ganz in den Genuß der Wurst vertieft.)

„Noch was", sagte der Aufseher, „S-311, ist der in deiner Brigade?"

„Da muß ich erst in der Liste nachsehen", der Brigadier stellt sich dumm. „Soll ich mir die verdammten Nummern alle merken?" (Der Brigadier versucht, ihn bis zum Appell hinzuhalten, er möchte Buinowski wenigstens für diese Nacht retten; alles bis zur Kontrolle hinziehen.) „Ist ein Buinowski hier?"

„Was? Ja!" antwortet der Kapitän aus seinem Versteck unter Schuchows Pritsche hervor.

So gerät die Laus, die am schnellsten ist, immer zuerst auf den Kamm.

„Du? Ja richtig, S-311. Mach dich fertig."

„Wohin?"

„Weißt du selbst."

Der Kapitän seufzte nur und räusperte sich. Es war ihm sicher leichter gefallen, bei dunkler Nacht ein Geschwader von Torpedobooten ins stürmische Meer hinauszuführen, als jetzt das freundschaftliche Gespräch abzubrechen und in den eiskalten Bunker zu wandern.

„Wieviel Tage denn?" fragte er mit stockender Stimme.

„Zehn. Na los, los, schneller!"

In diesem Augenblick schrie der Barackendienst:

„Zählappell! Zählappell! Antreten zum Zählappell!"

Also war der Aufseher, der den Appell durchführen sollte, schon in der Baracke.

Der Kapitän sah sich um – die Wattejacke mitnehmen? Aber die Jacke reißen sie einem dort sofort herunter, nur die Weste darf man behalten. Lieber geht er so, wie er ist. Der Kapitän hatte gehofft, Wolkowoi würde den Vorfall vergessen (aber Wolkowoi vergißt nie etwas), und sich daher gar nicht vorbereitet, nicht einmal Tabak in die Weste gesteckt. Jetzt noch welchen mitzunehmen wäre sinnlos, beim Filzen würden sie ihn sofort finden. Trotzdem reichte Caesar dem Kapitän heimlich ein paar Zigaretten hin, während er die Mütze aufsetzte.

„Na, lebt wohl, Brüder", der Kapitän nickte verstört den Männern der hundertvierten Brigade zu und ging hinter dem Aufseher her.

Sie riefen ihm durcheinander nach – halt dich tapfer, Kopf hoch – was sollte man ihm sagen? Sie hatten den Bau selbst gemauert, die Hundertvierte weiß: Die Wände dort sind aus Stein, der Fußboden aus Zement, Fenster gibt es dort nicht, den Ofen heizen sie nur – damit das Eis von den Wänden abtaut und sich auf dem Boden eine Pfütze bildet. Schlafen muß man auf nackten Brettern, wenn man es vor Zähneklappern überhaupt kann, Brot – pro Tag dreihundert Gramm, Wassersuppe nur am dritten, sechsten und neunten Tag.

Zehn Tage und Nächte! Wenn man zehn Tage nach Vorschrift im Bunker sitzt – ist die Gesundheit fürs ganze Leben ruiniert. Tuberkulose, aus dem Krankenhaus kommt man dann nicht mehr heraus.

Und wer jemals fünfzehn Tage verschärften Arrest absitzen mußte – der liegt schon unter der Erde.

Solange du in der Baracke lebst, danke dem Himmel, und laß dich nicht erwischen.

„Na, rausgehen, ich zähle bis drei!" schreit der Barackenälteste. „Wer dann nicht draußen ist, den schreibe ich auf und melde ihn dem Bürger Aufseher!"

Der Barackenälteste ist der größte Gauner, den es hier gibt. Wirklich, mit allen andern wird er nachts in der Baracke eingeschlossen, aber er benimmt sich wie ein Vorgesetzter, hat vor niemandem Angst. Im Gegenteil, alle fürchten ihn. Den einen verpfeift er bei der Aufsicht, den andern haut er selber in die Schnauze. Er gilt als Invalide, weil ihm bei einer Schlägerei ein Finger abgerissen wurde, aber er hat eine Verbrechervisage. Er ist auch ein Verbrecher, und deswegen sitzt er, aber außer den andern Paragraphen haben sie ihm Artikel 58, 14 angehängt, auch deswegen ist er in diesem Lager gelandet.

Er hat freie Hand, wenn er will, macht er jetzt eine Notiz und übergibt sie dem Aufseher – und schon kriegst du zwei Tage Bunker mit Arbeitseinsatz. Langsam trotteten sie zur Tür, dort blieb die Masse zäh hängen, andere sprangen tapsig wie Bären von den oberen Pritschen und drängten durch die enge Tür hinaus.

Schuchow, der sich die heißersehnte Zigarette endlich gedreht hatte und jetzt in der Hand hielt, sprang geschickt auf den Fußboden, schlüpfte in die Filzstiefel und wollte gehen, da tat ihm Caesar leid. Er wollte wirklich nichts bei Caesar schnorren, er tat ihm einfach leid: Er denkt zwar viel über sich nach, dieser Caesar, aber vom Leben hat er keine Ahnung. Als er das Paket bekam, hätte er es nicht genießerisch auspacken dürfen, sondern vor der Kontrolle im Magazin abgeben müssen. Das Essen kann man aufschieben. Aber was soll Caesar jetzt mit dem Zeug machen? Wenn er seinen Riesensack zum Appell mit hinausnimmt – lächerlich! –, werden fünfhundert Mann sich über ihn lustig machen. Wenn er die Sachen hier läßt – werden diejenigen, die in einer knappen Stunde als erste vom Zählappell in die Baracke zurückkehren, sich alles schnappen. (In Ust-Ischma herrschten viel rauhere Sitten: Wenn sie von der Arbeit kamen, wurden sie immer von den Kriminellen überholt, und wenn die letzten die Baracke betraten, hatten die Kriminellen ihre Schränkchen schon ausgeräumt.)

Schuchow sieht – Caesar räumt schon allerlei hin und her, steckt etwas ein, aber es ist zu spät. Wurst und Speck hat er sich unter die Weste gepackt – um wenigstens das zur Kontrolle mitzunehmen, um wenigstens das zu retten.

Schuchow bedauerte ihn und riet ihm, was zu tun sei:

„Bleib hier sitzen, Caesar Markowitsch, bis alle draußen sind, rück noch mehr in den Schatten und bleib da sitzen. Erst wenn der Aufseher mit dem Barackendienst die Pritschen entlanggeht, seine Nase in alle Löcher steckt, dann geh auch raus. Sag, du bist krank. Und ich gehe als erster hinaus und komm schnell als erster zurück. Also . . ."

Eilig lief er fort.

Zuerst mußte sich Schuchow mühsam einen Weg durchs Gedränge bahnen (die selbstgedrehte Zigarette hielt er immer noch in der hohlen Hand). Aber im Gang, der die Baracke in zwei Hälften teilte, und im Vorraum drängte sich niemand mehr vor, diese schlaue Sippschaft, rechts und links an den Wänden standen die Männer aneinandergepreßt in Zweierreihen – und ließen in der Mitte nur für einen Mann Platz: Sollen doch die Dümmsten in die Kälte hinausgehen, wir warten hier. Wir sind den ganzen Tag im

Freien, sollen wir jetzt zehn Minuten länger als nötig frieren? Wir sind nicht so blöd. Krepier du heute, ich erst morgen!

Sonst drückt Schuchow sich wie alle andern an die Wand. Heute aber geht er breitbeinig hinaus und sagt auch noch spöttisch:

„Wovor habt ihr Angst, ihr Drückeberger? Habt ihr noch nie in der sibirischen Kälte gestanden? Wärmt euch mal an der Wolfssonne! Los, Alter, gib mir mal Feuer!"

Er steckte sich im Vorraum seine Zigarette an und ging auf die Vortreppe hinaus. „Wolfssonne" – so nennen sie in Schuchows Gegend zuweilen scherzhaft den Mond. Der Mond steht schon hoch! Noch einmal so hoch – und er steht im Zenit. Der helle Himmel hat einen grünlichen Schimmer, vereinzelt funkeln Sterne. Der Schnee glänzt weiß, auch die Barackenwände sind weiß – die Laternen leuchten schwach.

Dort vor der anderen Baracke drängt sich die schwarze Menge – sie stellen sich auf. Vor der nächsten auch. Der knirschende Schnee übertönt die Stimmen von einer Baracke zur anderen.

Vor der Treppe hatten sich fünf Mann mit dem Gesicht zur Tür aufgestellt, dahinter standen drei. Zu den dreien in der zweiten Fünferreihe trat Schuchow. Mit einer Ration Brot im Bauch und einer Zigarette zwischen den Zähnen kann man es hier aushalten. Gut ist der Tabak, der Lette hat ihn nicht betrogen – kräftig und aromatisch.

Langsam kommen die anderen aus der Tür, hinter Schuchow stehen schon ein paar neue Reihen. Die draußen stehen, werden allmählich wütend: Was drücken diese Mistkerle sich im Korridor herum. Und wir frieren hier.

Keiner von den Häftlingen sieht je eine Uhr, wozu auch? Ein Häftling muß nur wissen – wird bald geweckt? Wieviel Zeit ist noch bis zum Ausmarsch? Wie lange ist es bis zum Mittagessen? Wie lange bis zum Schlußappell?

Es heißt immer, daß der Zählappell am Abend um neun Uhr stattfindet. Aber beendet ist er nie um neun, sie ziehen die Kontrolle ein zweites und drittes Mal durch. Vor zehn kommt man nie zum Schlafen. Und um fünf, heißt es, wird geweckt. Kein Wunder, daß der Moldauer heute vor Feierabend eingeschlafen ist. Wenn ein Häftling im Warmen sitzt, schläft er sofort ein. Im Laufe einer Woche sammelt sich der mangelnde Schlaf an, und wenn sie am Sonntag nicht hinausgejagt werden – verschlafen ganze Baracken den Tag.

Ach, da kommen sie ja angestolpert! Die Häftlinge schieben sich gegenseitig die Treppe hinunter! Der Barackenälteste und die Aufseher treten sie wohl ordentlich in den Hintern! Richtig so, ihr Biester!

„Was?" rufen die in den vorderen Reihen ihnen entgegen. „Ihr habt euch schön verrechnet, ihr Scheißkerle! Wollt euch drücken? Wenn ihr eher rausgegangen wärt, hätten sie schon lange durchgezählt."

Die ganze Baracke hatten sie hinausgeschmissen. Vierhundert Mann in einer Baracke – das sind achtzig Fünferreihen. Sie stellten sich hinten an, vorn standen die Fünferreihen, aber hinten ging alles kreuz und quer durcheinander.

„Aufstellen dahinten!" brüllt der Barackenälteste von der Treppe.

Diese Arschlöcher, werden nicht fertig!

Caesar tritt aus der Tür, zusammengekrümmt – plötzlich krank geworden, hinter ihm die zwei Mann Barackendienst aus dem anderen Raum, dann die zwei aus Schuchows Raum und noch ein Lahmer. Sie bilden die erste Reihe, so daß

Schuchow jetzt in der dritten steht. Caesar vertreiben sie nach hinten. Der Aufseher kommt jetzt auch heraus.

„In Fünferreihen antreten!" schrie er den Hinteren zu, er hat eine kräftige Stimme.

„In Fünferreihen antreten!" brüllt der Barackenälteste, seine Stimme ist noch kräftiger.

Sie treten nicht an, die Arschlöcher.

Der Barackenälteste rennt die Treppe hinunter, flucht, und drauf, feste auf den Buckel!

Aber er achtet darauf, wen er schlägt. Nur die Friedlichen verdrischt er.

Jetzt stehen sie richtig. Er geht wieder zurück. Und zählt gemeinsam mit dem Aufseher ab:

„Erste! Zweite! Dritte!"

Die aufgerufene Reihe rennt in die Baracke zurück. Für heute sind sie mit dem Natschalnik quitt!

Wären sie, wenn es keinen zweiten Zählappell gäbe. Diese Schmarotzer, diese Holzköpfe, zählen schlechter als jeder Kuhhirt: Der kann zwar nicht schreiben und lesen, aber er weiß immer, ob alle Kälber bei der Herde sind. Diesen hier ist so etwas nicht beizubringen.

Im vergangenen Winter gab es im Lager noch keine Trockenräume, jeder behielt die Stiefel nachts in der Baracke bei sich – also wurden sie zum zweiten und dritten und vierten Appell nach draußen gejagt. Zuletzt zogen sie sich gar nicht mehr an, sondern gingen in ihre Decken gewikkelt ins Freie. In diesem Jahr wurden Trockenräume gebaut, zwar noch nicht für alle, aber an jedem dritten Tag kann die Brigade ihre Filzstiefel dort trocknen.

Der zweite und dritte Zählappell findet also in den Baracken statt. Sie jagen die Häftlinge aus einer Hälfte in die andere.

Schuchow war zwar nicht als erster wieder hineingerannt, aber er ließ den ersten nicht aus den Augen. Er lief zu Caesars Pritsche, setzte sich dort hin. Dann riß er sich die Filzstiefel von den Füßen, kletterte auf die obere Doppelpritsche am Ofen und stellte seine Stiefel hinauf. Wer zuerst kommt, mahlt zuerst. Dann zurück auf Caesars Bett. Er sitzt, die Beine untergeschlagen, paßt auf, daß niemand Caesars Sack unter dem Kopfkissen herauszieht, und achtet gleichzeitig darauf, daß die nächsten, die den Ofen stürmen, seine Filzstiefel nicht hinunterstoßen.

„He!" muß er auch schon schreien, „du Rotschopf! Willst du einen Stiefel in die Schnauze haben? Stell deine hin und vergreif dich bloß nicht an fremden!"

Ein Häftling nach dem andern kommt eilig in die Baracke zurück. In der zwanzigsten Brigade schreit einer:

„Filzstiefel abgeben!"

Gleich werden die Häftlinge mit den Filzstiefeln für den Trockenraum aus der Baracke gelassen, und die Baracke wird abgeschlossen. Und nachher kommen sie angelaufen:

„Bürger Natschalnik! Lassen Sie uns in die Baracke!"

Die Aufseher versammeln sich dann in der Stabsbaracke – auf ihren Brettern zählen sie nach, ob einer geflohen ist oder ob alle da sind.

Nun gut, Schuchow hat heute nichts mehr damit zu tun.

Caesar kommt zwischen den Pritschen hindurch und schlüpft auf sein Bett.

„Danke, Iwan Denissytsch!"

Schuchow nickte und kletterte geschickt wie ein Eichhörnchen nach oben. Nun konnte er noch seine zweihundert Gramm aufessen, sich eine zweite Zigarette drehen oder schon schlafen.

Aber nach diesem guten Tag war Schuchow so vergnügt, daß er noch keine Lust zum Schlafen hatte.

Das Bett war schnell gerichtet: Er zog die schwarzgraue Decke von der Matratze, legte sich auf die Matratze (auf einem Laken hatte Schuchow wohl seit einundvierzig, als er von zu Hause fortging, nicht mehr geschlafen; unbegreiflich, was die Frauen immer mit ihren Laken wollen, überflüssige Wascherei), legte den Kopf aufs Kissen, das mit Hobelspänen gefüllt war, die Füße in die Weste, die Wattejacke noch über die Decke, und ... Gott sei Dank, wieder ein Tag vorbei!

Danke, daß er nicht im Bunker schlafen muß, hier läßt es sich aushalten.

Schuchow legte sich mit dem Kopf zum Fenster, Aljoschka lag auf der Nachbarpritsche – über die Bettkante sah Schuchow ihn –, aber mit dem Kopf zur anderen Seite, damit das Licht der Glühbirne auf ihn fiel. Er liest wieder in seinem Neuen Testament.

Die Glühbirne hängt nicht so weit entfernt, man kann in ihrem Licht lesen oder sogar nähen.

Aljoschka hatte gehört, wie Schuchow laut Gott sei Dank gesagt hatte, und wandte sich nach ihm um.

„Sehen Sie, Iwan Denissowitsch, Ihre Seele möchte zu Gott beten, warum geben Sie ihr nicht nach?"

Schuchow sah Aljoschka von der Seite an. Die Augen leuchteten wie zwei Kerzen. Er seufzte.

„Deswegen, Aljoschka, weil diese Gebete genau wie Gesuche sind: Entweder sie kommen nicht an oder ‚Beschwerde abgelehnt'."

Vor der Stabsbaracke gibt es vier solcher Kästen, sie sind plombiert, einmal im Monat werden sie vom Bevollmächtigten geleert. Viele Häftlinge werfen Gesuche in diese Kästen. Warten und zählen die Tage: In zwei Monaten, in einem Monat habe ich bestimmt eine Antwort. Aber nichts passiert. Oder: „Abgelehnt".

„Weil Sie zu selten, zu schwach, ohne Inbrunst gebetet haben, deshalb sind Ihre Gebete auch nie erhört worden, Iwan Denissytsch. Sie müssen inständig bitten! Wenn Sie den Glauben haben und zu diesem Berge sagen – erhebe dich! – wird er sich erheben!"

Schuchow grinste und drehte sich noch eine Zigarette. Er rauchte sie beim Esten an.

„Hör auf mit deinem Gerede, Aljoschka. Ich habe noch keinen Berg gehen sehen. Ehrlich gesagt, habe ich auch noch keine Berge gesehen. Aber im Kaukasus habt ihr doch immer mit eurem ganzen Baptistenklub gebetet – hat sich da einer bewegt?"

Die armen Tröpfe: haben gebetet, wen störte das schon? Allen hat man durch die Bank fünfundzwanzig Jahre aufgebrummt. Das ist eben jetzt so üblich: Alle bekommen fünfundzwanzig. Einheitsmaß.

„Aber darum haben wir doch gar nicht gebeten, Iwan Denissytsch", sagte Aljoschka beschwörend. Er kroch mit seinem Testament näher zu Schuchow heran, ganz nahe an sein Gesicht. „Von allem Irdischen und Vergänglichen, so hat der Herr uns aufgetragen, sollen wir nur um das tägliche Brot bitten: ‚Unser täglich Brot gib uns heute!'"

„Die Ration also?" fragt Schuchow.

Aber Aljoschka redet weiter, seine Augen sind ausdrucksvoller als seine Worte, und seine Hand zupft an Schuchows Arm, streichelt ihn sogar:

„Iwan Denissytsch! Nicht darum soll man beten, daß man ein Paket bekommt oder einen zusätzlichen Schlag Suppe. Was die Menschen hochschätzen, ist abscheulich vor Gott! Beten soll man um Geistliches: daß Gott alle böse Unruhe von unserem Herzen nimmt . . ."

„Hör lieber mal zu. Bei uns in der Kirche von Polomna war ein Pope . . ."

„Laß den Popen!" bittet Aljoschka, sogar seine Stirn verzieht er vor Schmerz.

„Nein, hör dir das ruhig mal an." Schuchow stützt sich auf den Ellbogen. „In Polomna, in unserer Gemeinde, ist niemand reicher als der Pope. Sagen wir mal, jemand läßt sein Dach decken, dann nehmen wir von ihm fünfunddreißig Rubel pro Tag, aber vom Popen hundert. Und wenn er noch so stöhnt. Dieser Pope in Polomna zahlt drei Frauen in drei verschiedenen Städten Alimente, und mit der vierten Familie lebt er. Den Bischof von unserer Gegend hat er fest an der Leine, der wird von ihm geschmiert. Und alle anderen Popen, die ihm ins Haus geschickt werden, vertreibt er, mit keinem will er seine Macht teilen . . ."

„Warum erzählst du mir von diesem Popen? Die orthodoxe Kirche hat sich vom Evangelium losgesagt, ihre Popen werden nicht verhaftet, weil sie keinen festen Glauben haben."

Schuchow rauchte und sah ruhig zu, wie Aljoschka sich ereiferte.

„Aljoschka", wehrte er dessen Hand ab und blies dem Baptisten den Rauch ins Gesicht, „ich habe gar nichts gegen Gott, verstehst du. Ich glaube ja gern an Gott. Nur glaube ich nicht an das Paradies und die Hölle. Warum wollt ihr uns für dumm verkaufen, warum versprecht ihr uns Himmel und Hölle? Das eben gefällt mir nicht."

Schuchow legte sich wieder auf den Rücken, ließ die Asche am Kopfende vorsichtig zwischen Pritsche und Fenster zu Boden fallen, damit die Sachen des Kapitäns nicht angesengt wurden. Er hing seinen Gedanken nach, hörte nicht mehr, was Aljoschka brummte.

„Überhaupt", meinte er schließlich, „man kann beten, soviel man will, von der Haftzeit streichen sie dir doch nichts ab. Du mußt die ganze Zeit absitzen vom Wecken bis zum Schlußappell."

„Aber darum soll man doch gar nicht beten!" sagte Aljoschka entsetzt, „was willst du denn mit der Freiheit? In der Freiheit wird auch dein letztes bißchen Glaube vom Dornengestrüpp erstickt. Freu dich, daß du im Gefängnis sitzt! Hier hast du Zeit, an deine Seele zu denken! Der Apostel Paulus hat gesagt: ‚Was macht ihr, daß ihr weinet und brechet mir mein Herz? Denn ich bin bereit, nicht allein mich binden zu lassen, sondern auch zu sterben um des Namens willen des Herrn Jesu.'"

Schuchow blickte schweigend zur Decke. Er wußte selber nicht mehr, ob er die Freiheit wollte oder nicht. Anfangs wünschte er sie sich sehr, zählte jeden Abend nach, wie viele Tage von seiner Haftzeit schon vergangen waren, wie viele er noch vor sich hatte. Dann war er es leid geworden. Und dann stellte sich heraus, daß sie die Politischen nicht nach Hause lassen, sondern in die Verbannung schicken. Und wo das Leben für ihn erträglicher ist, hier oder dort, weiß man nicht.

Er möchte nur frei sein, um nach Hause zu können.

Aber nach Hause lassen sie einen nicht . . .

Aljoschka lügt nicht, seiner Stimme und seinen Augen merkt man an, daß er gern im Gefängnis sitzt.

„Sieh, Aljoschka", erklärte Schuchow ihm, „bei dir geht's auf: Christus hat dir befohlen, im Gefängnis zu sitzen, für Christus bist du jetzt hier. Aber wofür sitz ich? Dafür, daß sie sich einundvierzig nicht richtig auf den Krieg vorbereitet hatten? Dafür? Was kann ich dafür?"

„Heute ist ja gar kein zweiter Appell mehr . . .", knurrte Kilgas von seiner Pritsche.

„Ja-a!" erwiderte Schuchow, „das sollte man mit Kohle in den Kamin schreiben, daß heute keine zweite Kontrolle ist." Und er gähnte: „Ich glaube, ich schlafe jetzt."

Da hörten sie durch die stille Baracke das Poltern des Bolzens an der Außentür. Aus dem Korridor kamen die beiden Häftlinge hereingelaufen, die die Filzstiefel hatten, und riefen:

„Zweiter Appell!"

Ihnen nach der Aufseher:

„Raus in die andere Hälfte!"

Ein paar hatten schon geschlafen! Sie brummten, räkelten sich, zogen die Filzstiefel über die Füße (die wattierten Hosen zog keiner aus – ohne sie würde man unter der dünnen Decke vor Kälte erstarren).

„Die verdammten Hunde!" schimpfte Schuchow. Aber er ärgerte sich nicht besonders, weil er noch nicht geschlafen hatte.

Caesar streckte seine Hand nach oben aus und legte ihm zwei Stück Kuchen, zwei Stückchen Zucker und eine runde Scheibe Wurst hin.

„Danke, Caesar Markowitsch", Schuchow beugte sich in den Durchgang hinunter, „aber jetzt geben Sie mir Ihren Sack zur Sicherheit nach oben unter das Kopfkissen." (Von oben zieht man ihn nicht so schnell herunter, und wer würde bei Schuchow etwas suchen?)

Caesar gab Schuchow seinen weißen, zugebundenen Sack nach oben. Schuchow schob ihn unter die Matratze und wartete, bis die meisten draußen waren, damit er nicht so lange barfuß im Korridor stehen mußte. Aber der Aufseher raunzte ihn an:

„Los, du da in der Ecke!"

Und Schuchow sprang gewandt auf den Boden, barfuß (seine Filzstiefel mitsamt den Fußlappen standen so gut auf dem Ofen – es wäre schade, sie noch einmal herunterzuholen!). Wie viele Hausschuhe hatte er schon genäht – immer nur für andere, für sich hatte er keine. Aber er war daran gewöhnt, es dauerte ja nicht lange.

Die Hausschuhe nehmen sie auch mit, wenn sie tagsüber welche finden. In den Brigaden, die ihre Filzstiefel zum Trocknen abgegeben hatten, ging es denen am besten, die Hausschuhe besaßen, die anderen mußten in ihren Fußlappen oder barfuß hinaus.

„Na los! Los!" knurrte der Aufseher.

„Ihr braucht wohl Prügel, ihr Viecher?" Der Barackenälteste kommt dazu. Sie trieben alle in die andere Hälfte hinüber, die letzten mußten in den Korridor. Schuchow stellte sich an die Wand neben der Latrine. Der Boden unter seinen Füßen war feucht, und aus dem Vorraum zog es eiskalt herein. Sie hatten alle hinausgejagt – noch einmal gingen der Aufseher und der Älteste durch die Baracke, um zu kontrollieren, ob sich niemand mehr dort versteckte, sich etwa in eine dunkle Ecke verdrückt hatte und schlief. Wenn einer fehlt, gibt es Ärger, und wenn einer zuviel gezählt wird, gibt es auch Ärger, dann können sie wieder von vorn anfangen. Sie gingen überall durch und kamen dann zur Tür zurück.

Erster, zweiter, dritter, vierter . . . jetzt ließen sie die Männer schnell einzeln passieren. Als achtzehnter zwängte sich Schuchow durch. Im Laufschritt zur Pritsche, den Fuß auf den Stützbalken und – schwupp! – war er oben.

Schön. Die Füße wieder in den Westenärmel, die Decke darüber, obendrauf die Wattejacke, und schlafen! Jetzt werden sie alle von drüben in unsere Hälfte schicken, aber das stört uns nicht.

Caesar kam zurück. Schuchow gab ihm den Sack hinunter.

Aljoschka kam. Ungeschickt ist er, will es allen recht machen, aber er versteht's nicht, sich etwas nebenbei zu verdienen.

„Da, Aljoschka!" Und er gibt ihm ein Stück Kuchen ab. Aljoschka strahlt.

„Danke. Sie haben doch selber nichts!"

„Iß schon!"

Wir haben nichts, deswegen verdienen wir uns immer was dazu.

Und jetzt das Stückchen Wurst in den Mund! Die Zähne hinein! Kauen! Dieser Fleischgeruch! Richtiger Fleischsaft! Jetzt war's im Bauch.

Schon ist die Wurst weg.

Das übrige, beschloß Schuchow, morgen vor dem Ausmarsch.

Er zog sich die Decke über den Kopf, die dünne, ungewaschene Decke, und hörte nicht mehr hin, wie sich die Häftlinge aus dem anderen Raum zwischen den Pritschen zusammendrängten: warteten, daß sie abgezählt wurden.

Schuchow schlief vollkommen zufrieden ein. Er hatte heute viel Glück gehabt: Er mußte nicht in den Bunker, die Brigade wurde nicht in die Sozsiedlung abkommandiert, zum Mittagessen hatte er sich einen Schlag Grütze geschnorrt, der Brigadier hatte gute Prozente für sie herausgeschlagen, das Mauern hatte Schuchow Spaß gemacht, beim Filzen war er mit dem Sägeblatt durchgekommen, abends hatte er sich bei Caesar etwas verdient und noch Tabak gekauft. Und war nicht krank geworden, hatte sich wieder aufgerappelt.

Ein Tag war vergangen, durch nichts getrübt, ein fast glücklicher Tag.

So sahen die dreitausendsechshundertdreiundfünfzig Tage seiner Haftzeit vom Wecksignal bis zum Schlußappell aus.

Wegen der Schaltjahre waren es drei Tage mehr . . .

4.80